小間物屋安兵衛

小原光衛
Koei Obara

目次

装画　さいとうゆきこ

小間物屋安兵衛

南部表の雪駄

一

春の訪れの遅い奥州霞露藩《かろ》にもようやく暖かい日が差し始めた。

固かった梅や桜の蕾《つぼみ》が日増しにほころび、天明八（一七八八）年の三月十五日（新暦四月二十日）を過ぎると、人々の間で「梅が咲いたねえ」「そろそろ桜が咲くのでは……」と浮き立つような言葉が交わされ始めた。

城下の霞露町は梅が咲くと、何日も置かずに桜が咲く。梅と桜が競い合うように花が開くのを見て人々は、長かった冬が終わったことを実感するのだ。

町の真ん中を流れる霞露川に架かる椿橋のたもとの一本松に集まって来た棒天振《ぼてふ》りや担ぎ売りの商人《あきんど》もそうだった。じっと寒さを耐え忍ぶ冬の間は、食べ物と薪、炭しか売れない。だから、みんなこれから始まる春の商いに期待を寄せている。

大きな一本の赤松の北側には、なだらかな山容の霞露岳が見える。まだ雪をかぶっているが、中腹に馬の形をした雪形が現われている。これを見て、百姓たちは雪解け水を田に引き、田植えの支度を始める。

一本松の下に今朝も青物売りの鶴三、川魚売りの正吉、水売りの五助、油売りの伊助、草鞋《わらじ》売りの竜三、飴《あめ》屋の新平がやって来た。納豆屋も鋳掛屋も笊《ざる》屋もいる。みんな二十年も三十年も棒天振りをしてきた者ばかりだ。

そんな中に担ぎ商い五年目の小間物屋の安兵衛も交じっている。

父親が五年前に亡くなり、独り立ちしたのだ。今年二十歳になった。もちろん一番若い。だが、幼いころから小間物の担ぎ商いをしていた父親の安吉について歩いて仕事を覚えたこともあって一丁前の顔をしている。

別に打ち合わせている訳ではないが、毎朝、振り売りや担ぎ売りがここに集まって来る。世間話をしながら、見聞きしたことや仕入れた話を教え合っている。

「安、あそこの長屋の三軒目の嬶《かかあ》が白粉《おしろい》、ほしいとさ。近くを通ったら寄ってやりな。でも、あの日焼けした顔に白粉を塗ったら化け物だろうに——」

こんな具合に口が悪い連中だが、教えてくれる話に嘘はない。だから、泊りがけの遠出でもしていない限り、毎朝顔を出した。

みんな、小さいころからの顔見知りだ。自分の倅のようにかわいがり、商いのこつを教えてくれる。中には金払いの悪い爺《じじい》の名を上げて、あいつには何も売るな、掛け売りにすると踏み倒されるに決まっている、とささやく者もいた。

安兵衛は、数いる振り売り商人の中でも油売りの伊助を「親父」と呼んで慕っていた。死んだ父親と兄弟付き合いをしていたこともあるが、懐の深さに惹かれていた。いつも自分を温かく見守っていると感じていた。

めったにないことだが、厳しい顔を見せることがある。そんなとき、親父さんは侍ではないのか、と思ったりもした。伊助の天秤棒がやたらと重いため、そう感じたのかもしれない。

安兵衛は知らなかったが、伊助は藩忍び御用の竿灯組の細作（間者）頭だった。重い天秤棒を自在に操る棒術の達人でもある。振り売り仲間の何人かは、伊助の配下だ。水売りの五助もその一人だ。

伊助に挨拶すると、挨拶を返してから聞いた。

「安、きょうはどこを回るんだ」

「大工町から瓦町、紙町を、と思っています」

「そうかい。大工町のどこの長屋か知らないが、大工の嬶が殺されたって言う話だ。下手人はまだ捕まっていない。嬶を狙った殺しなのか、通りすがりの殺しなのか、分からないってさ。憂さ晴らしの通りすがりの殺しだったら、安、お前も狙われかねない。気をつけて行くんだぜ」

へい、と返事をした安兵衛は、春のぬくもりを感じながら、立ち上がった。

振り売りが散らばった霞露町は、霞露藩一万石の城下町だ。

安兵衛は四段重ねの木箱を背負っている。木箱ひとつの大きさは、幅一尺五寸、奥行き一尺、高さ八寸だ。

それぞれの木箱に櫛や髪挿《かんざし》、笄《こうがい》、白粉や白粉刷毛《はけ》、紅や紅筆、絵草子、桜紙などの日用雑貨を入れている。櫛は桃や桜、椿、黄楊《つげ》などの木で作ったものを多く扱っている。高価な鼈甲《べっこう》や象牙の櫛は、注文を受けてから仕入れる。

結構な重さだが、背丈が五尺六寸と大柄な安兵衛には苦にならない。担ぎ始めたのは、十二、三のときからだ。慣れた重さだ。

父親から教わり、引き継いだ得意先を回って歩く毎日だ。商家の内儀や娘、長屋の嬶や娘に声をかける。きょうは買ってもらえなくとも、あした買ってくれると思えば、ついつい優しげな声になる。

昼前に行った大工町の徳三長屋も昔からの顔なじみだ。

暖かい日差しを楽しむかのように三人の嬶が井戸端でおしゃべりしている。

「おや、安さん。しばらくぶりだね」

「へい。暖かさに誘われて冬ごもりの熊が巣穴から出て来たようなもんです」

赤ん坊を背負っている若い嬶にまとわりついている女の子に目が行った。

黒目が大きく、利発そうに見える。背が伸びたが、着物の縫い上げをほどいていないため足が出ている。

「あれ、お初ちゃんかい？　ちょっと見ない間にずいぶん大きくなったね。おっ母さんは？」

一番年かさの嬶が慌てて口を挟んだ。

「安さん。あんた、知らないのかい？」

「何の話で……」

「おっ母さんのお育さんは、十日前にそこで殺されたんだよ」

長屋の木戸口のあたりを顎で示した。

(親父さんが言っていた殺しは、お初ちゃんのおっ母さんのことだったのか。きょうは三月の二十二日（新暦四月二十七日）だから、殺されたのは十二日か)

別の嬶が教えた。

「下手人はまだ捕まっていないよ」

「お初ちゃん。知らなかったとはいえ、悪いことを聞いてすまなかったね」

安兵衛が詫びると、初は、ううん、と言うように首を横に振った。

(確か、お初ちゃんのおっ母さんは、義理の母親だったはず。実の母親に続いて、またおっ母さんを亡くしたのか……)

初の父親の用二は、三年前に連れ合いの勝を亡くした。寒かったり暖かったり、と目まぐるしく天気が変わった春先のことだった。何だか熱っぽいけど二、三日すれば治るだろうといっていたが、三日目にぽっくり亡くなった。初は四つだった。腕のいい大工の用二は毎日仕事に出ているため、いつも隣近所の嬶の世話になる訳にも行かず、二年前に育を後添えに迎えた。

その育が殺された、と言う。

安兵衛が初に年を聞くと、七つと答えた。まだまだ母親のそばにくっついていたい年ごろだ。

「お父っちゃんに心配をかけまいとしているのか、泣き言ひとつ言わない子だよ」

世話をしている嬶がわが子のように自慢すると、ほかの嬶たちも、そうだそうだ、とうなずいた。

「それで、下手人の目星はついているのかい？」

安兵衛が聞くと、みんな肩を落とした。

「晩飯の支度に忙しい夕方のことでねえ。だれも下手人らしき男を見ていないんだよ」

「男？」

「ああ。お初ちゃんが見知らぬ男の後ろ姿を見ていたのさ。だから、男、と分かったけど、それ以上のことは何も分からない。どんな着物を着ていたのか、どんな帯を締めていたのか、七つの子に、思い出せ、といっても無理さ」

大人の話を聞いていた初は、思い出さない自分が悪いとでも思ったのか、めそめそ泣き出した。

安兵衛は、あわてて櫛の入っている木箱を開けて子ども用の櫛を取り出した。

「お初ちゃん。ごめんよ。泣かせるつもりはなかったんだ。この櫛、上げるから機嫌を直しておくれ。そうそう。似合うよ。お初ちゃんは泣き顔よりも笑顔がかわいいよ。きっと下手人は捕まるさ。お天道さまが悪い奴を見逃すはずがないさ」

安兵衛は木箱を背負った。

「また来ますよ。お初ちゃん、今度来るときは飴を持って来るからね」

機嫌を直した初は、にっこり笑った。

「ああ、そうそう」

こう言って一番若い嬶が安兵衛を呼び止めて頼みごとをした。

「安さん。鋳掛屋を見たら、うちに来るように言ってくれないかい。鍋に穴が開いて何にも作れないんだよ」

「何にも作れないなんて、よく言うよ。あんたが何か作ったところなんぞ、ついぞ見たことはないよ。あんたのうちの飯のおかずは、毎日出来合いの惣菜じゃないか」

年かさの嬶が冷やかすと、一番若い嬶が口をとがらせる。

「腕を振るいたくとも、鍋に穴が開いていれば、作れないじゃないか」

じゃれ合いと知りながら安兵衛が割って入る。

「まあまあ、二人とも……。明日の朝、椿橋の一本松で鋳掛屋の治助さんを見かけたら声をかけておくよ」

「すまないねえ」

安兵衛は瓦町を回ってから紙町に足を伸ばした。

紙町の紙屋「千枚屋」の勝手口から入った。いつものことながら三和土《たたき》には塵ひとつ落ちていない。ここの内儀がきれい好きなのだ。

三人の下女が台所で白湯《さゆ》を飲みながら世間話をしていた。簡単な昼飯が終わり、その後片付けも済んだところだった。晩飯の支度を始める前の、のんびりしたひと時だ。

下女の一人が安兵衛に白湯を勧めた後、奥に行った。

白湯を出した下女もそうだったが、三人とも頬と手を赤くしている。冬の水仕事であかぎれができたのだ。見るからにかゆそうだった。

安兵衛は上り框《かまち》で日用雑貨の箱を開け、蛤《はまぐり》の貝殻に入った塗り薬を取り出した。

「これは、あかぎれによく効く薬ですよ」

「効きそうなのは分かるけど、銭がねえ……」

「銭を出し合って、ひとつ買って三人で使おうか」

そこに内儀が下女と一緒にやって来た。

「その、あかぎれの薬、三人分、置いていっておくれ。わたしが払うよ」

下女たちが喜びの声を上げた。

「そのかわりと言っちゃ何だけど、ひとつふたつ頼まれごとを聞いてくれないか。もちろん、お礼はちゃんとするよ」

「へい。何でございましょうか」

小間物屋の安兵衛は、得意先からさまざま頼まれ、嫌な顔ひとつ見せずに客の注文に応える。そんな安兵衛の来るのを千枚屋の内儀が待っていたのだ。

「六十になったお義母《かあ》さんに新しい布団を作ってあげようと思っているのよ。真綿は、南部藩の山岸真綿を使いたいの。山岸真綿はずいぶんと質がいい、と評判なので買ってきてほしいの」

南部藩は、安兵衛の住む霞露藩の南隣にある十万石の大藩だ。

(山岸村は、確かご城下盛岡の東はずれにあるはずだ)

「承知しました。おやすいご用です」

何度か盛岡に行ったことのある安兵衛は、快く応じた。

「ついでに旦那様の分とわたしの分を新しくするので三組分だよ」

「へい。山岸真綿を布団三組分ですね」

「もうひとつ頼みがあるんだよ。十八になる息子がね、南部表の雪駄がほしい、と言っているのよ。霞露の町では売っていないため、これも買ってきてほしいの」

竹皮をびしっと編んだ南部表は、素足でも足袋でも履き心地がいいと評判の雪駄だ。南部藩の身分の低い武士が内職で作っている。江戸では武士、町人を問わず人気があると言う話だ。

千枚屋の倅もこうした噂を耳にして母親にねだったのだろう。

「へい、承知しました。大きさは七寸七分が主ですが、これでよろしいですか？」

「ええ」

「何足、買ってきますか？」

「そうねえ……。二足もあれば十分だと思うけど」

「へい。南部表を二足。ただ、往来手形を書いてもらうのに日にちがかかるので品を届けるのは十日ほど後になります」

「構わないよ。どっちも、そんなに急ぎはしないから――」

そういって内儀は山岸真綿と南部表の前金として一分銀（二万五千円）を一枚渡そうとした。

「いくらするのか分からないのでお代は品物と引き換えでいかがでしょう」

「往来手形を書いてもらうのにお礼もかかるだろうし、宿代もかかるだろう」

霞露から盛岡に行くには、途中一泊しなければならない。盛岡でも一泊が必要だ。暖かい季節になったため、雨が降らなければ道中は野宿してもいいと思っていた。だが、盛岡で野宿と言う訳にはいかない。

それでも安兵衛は遠慮した。

「ついでに盛岡でいろいろ仕入れて来ますんで、お気遣いは無用に願います」

こういって断る安兵衛と内儀の押し問答になり、結局、半分の二朱銀（一万二千五百円）を一枚預かった。

二

翌朝、一本松に行った安兵衛は、鋳掛屋の治助を探した。松の木にもたれて莨《たばこ》をのんでいた治助を見つけ、徳三長屋の嬶に頼まれたことを伝えた。

治助は鼻から煙を出しながら、ありがとよ、と礼を言った。

油売りの伊助が近づいて来て冗談を言った。

「安、無事だったかい」

「ああ、親父さん。きのう、話を聞いた大工町の殺しだけど、殺されたのは徳三長屋の大工用二さんの嬶、お育さんだったよ。お得意さんだったんで、びっくりした」

安兵衛が徳三長屋でのやりとりを伝えた。

「下手人の後ろ姿を見たのは、娘のお初ちゃんだけか……。ほかにもいそうなものだけどな。それにしても物騒な世の中になったものだ。安、きょうも気をつけて商いに励むんだぜ」

安兵衛は伊助に頭を下げ、寺町に向かった。

父親と母親が眠る大龍寺に行き、小さな石の墓に手を合わせてから住職を訪ねた。

「盛岡に品物を仕入れに行くため、往来手形を書いてもらおうとやって来ました」

安兵衛は、盛岡での行き先を細かに住職に話した。

これを基に住職が安兵衛が住む町と長屋、名前、生年、仕事、旅の目的などを記した往来手形を作るのだ。

他藩に行くときは、身分を証明する往来手形を持たなければならない。これがなければ、藩境の関所を通れない。

安兵衛は依頼した後、百文（二千五百円）の礼金を差し出した。

「安兵衛さんは、確か去年も行っているね」

「へい。去年は半分物見遊山でしたが、今度は千枚屋さんに山岸真綿と南部表を頼まれまして……」

「ほう、それはいいことじゃ。お得意さんに信頼される商人になったのか。草葉の陰で親父さんも喜んでいるだろう」

住職は目を細めて合掌した。

「今日中に書いておくから明日にでも取りに来るがいい」


大龍寺を出た安兵衛は、桜並木で知られる桜坂に向かった。

ここにもお得意さんがいる。一軒屋に住んでいる香《こう》と言う女だ。どこかの大店の隠居の妾だ。年は安兵衛の五つ上の二十五。大年増だ。安兵衛は年に一、二度泊りに行く。数年前に初めて知った女が香だったこともあるが、香と相性がいいからだった。

(お香姐《ねえ》さんともしばらく会っていないな)

桜坂の道の片側には、ほぼ五間間隔で十数本の山桜が植えてある。

緩やかな坂の上り口にさしかかったとき、安兵衛は、急ぎ足になっていたことに気づいた。

下帯の下がうずいていた。

（暇な旦那が来ているかもしれない……）

うずきを鎮めようと桜の木で足を止めた。

さわやかな風が、ふうっ、と通り抜けた。

少し汗ばんだ顔に心地よさを感じて顔を上げると、ちらほらと花が咲いていた。

（一分咲きといったところか。暖かいいい天気が続くと、あと六日か七日もすれば満開になるな）

裏木戸を開けたところで飯炊きや身の回りの世話をしている寅と言う婆さんと鉢合わせになった。小さな荷を背負って出かけるところだった。

「おや、お寅さん。お出かけですか」

「嫁が産気づきそうだから手伝いに来てくれ、と使いが来たのさ」

「芋田村まで二里（八キロ）か。気をつけて行きな」

芋田村は城下の南にある。

婆さんは、ひょいひょい、と跳ねるように歩いて行った。

裏木戸から勝手口までの二間ほどの路地に沿って植えている水仙が咲き乱れている。水仙は香の好きな花だった。勝手口から庭に回る路地にも水仙が咲いていていた。秋には、やはり香の好きな鶏頭の花が路地に沿って咲く。

庭の白梅は満開だった。どこからか鶯の鳴き声が聞こえてきた。

「姐さん、いますか」

台所に入り、声をかけると、香がうれしそうに飛んで来た。

「ご無沙汰していました。きょうは白粉など――」

「ほんとうにご無沙汰だったねえ。この冬は寒くてしょうがなかったよ。いつ、温めに来るかと待っていたんだよ」

軽口を叩きながら足すすぎを持って来た。

「足、洗ったら上がりな」

香は勝手口に心張り棒をかけた――。


三日後――。

途中、一泊して盛岡の城下に入った安兵衛は、まず山岸村に向かった。

十町（約一・一キロ）ほど真っ直ぐな道が続く下小路丁と言う通りを行く。武士が住む茅葺き屋根の家が並んでいる。

下小路丁を抜けると、山岸村だった。

生糸を作っている農家を探した。城下の布団屋で買うよりも安く買えると思ったからだ。すぐに見つかった。

農家の親父も布団屋に売るよりも少し高く売れると踏んだのか、快く応じてくれた。

安兵衛には売りさばく心当たりがあり、頼まれた分の五倍の真綿を買った。

用が済んだら、すぐに城下に戻るつもりだったが、親父が引き止めて言った。

「近くに盛岡五山の筆頭寺院の永福寺がある。拝んで行くがいい。きっとご利益があるはずだ。ここから一町（約百九メートル）もない」

教わった通りに行くと、真言宗の宝珠盛岡山永福寺と言う古刹が見えてきた。五文字の山号は珍しい、と親父が言っていた。敷地は三万坪もあるとも話していた。

不来方城の艮《うしとら》（北東）の方角に建つ鬼門鎮護の寺だそうだが、安兵衛にはそう言った難しいことは分からなかった。ただ、象頭人身の双身像と教えられた大聖歓喜天を拝んでいるうちに香に会いたくなった。お互いを慈しむように向き合って見えたからだ。

城下に戻り、履物屋を探した。肴町に平埜屋と言う下駄屋があった。

普通の雪駄は二、三百文（五千〜七千五百円）ほどだが、南部表は倍近い値だった。これもすぐにさばけると思い、五足買った。五足も買ったためか、主人は三百文もまけてくれた。

安兵衛は南部表を木箱に仕舞いながら、初との約束を思い出して聞いた。

「七つの娘に土産にできる食べ物はありませんかね」

「近ごろ、豆銀糖と言う菓子が出ている。甘い菓子だよ。あれなら子どもが喜ぶ。日持ちがするし、かさも張らないから霞露への土産にはちょうどいい」

豆銀糖を売っている店の名を教えてもらい、平埜屋を出た。

三

安兵衛は霞露町に戻ると、まっすぐ千枚屋に行って頼まれた品物を届けた。内儀が礼を弾んでくれ、懐が温かくなった。

翌朝、安兵衛が椿橋のたもとの一本松に行くと、油売りの伊助が声をかけてきた。

「安。四、五日、見かけなかったが、どこに行っていたんだ」

「話していませんでしたか。盛岡に仕入れに行っていたんですよ」

「そう言われると、聞いたような気がする。近ごろ、物忘れがひどいな。年だな」

安兵衛は伊助に年を聞いた。

「延享五（一七四八）年生まれの四十一よ」

「五年前に死んだ親父は、延享三年生まれだったから二つ下だったんですね」

「そう言えば、『二つしか違わないな』などと言いながら、安吉さんと酒を飲んだこともあるな……。安、きょうはどっちを回る」

まだ決めていなかった。桜坂に行って香に歓喜天の話をしようか、大工町に行って初に豆銀糖を上げようか、と迷っていたが、結局徳三長屋に行くことにした。

三人の嬶たちが井戸端に顔をそろえていた。おしゃべりしながら、洗濯や水汲みに忙しい。安兵衛が長屋の木戸をくぐったとき、初が水を汲んで水瓶に運ぼうとしているところだった。

「お初ちゃん、無理だよ。あとで小母さんが運んでやるよ」

「でも……」

「お初ちゃんはまだ小さいから水瓶に運ぶまでにかなり水をこぼしてしまうよ」

そこに顔を出した安兵衛を見て一番年かさの嬶がいった。

「お初ちゃん、小間物屋の安さんが来たよ。約束の飴を持って来てくれたのかねえ」

初の顔が輝いた。

背負い箱を乾いている地面に置きながら、安兵衛がいった。

「ちょっと遠くに行っていたので飴の替わりに豆銀糖と言う菓子を買って来たぜ。あっしも食ってみたけど、うまかったぜ」

箱から経木を取り出した。経木を開けると、幅一寸、高さ五分、長さ五寸ほどの緑がかった棒が出てきた。棒の表面は三分刻みで切れ目が入っている。

安兵衛は、その切れ目から、ぽこん、と折ってひとかけらを初に手渡した。

「食べてごらん」

端を少しかじった初の顔がゆるんだ。

「うまい――」

今度は半分かじって口の中でゆっくりと味わっている。

初の口元と手元を交互に見つめていた嬶にもひとかけらずつ勧めた。

あっと言う間に食い終わった嬶たちも声をそろえた。

「うんめえ」

背中の幼子に食べさせた一番若い嬶が聞いた。

「安さん、あとはないのかい」

「あっても、それは売り物だろうからくれる訳がないよ」

「だってさ、遊びから帰って来た子どもにも一口食わせたいじゃないか」

「虫のいいこと、言わないの。第一、あんた、鋳掛屋に声をかけてもらった礼を言ってないだろ。礼も言わずに、まめ、まめきん……」

「豆銀糖——。一人に一本、上げますよ」

きのう、千枚屋の内儀からたっぷりと礼金をもらった安兵衛は、気が大きくなっていた。

「安さん、あとで高い白粉買って上げるよ」

「へい、待っていますよ。あとでが、いつか分からないけど、待っていますよ。お初ちゃん、お父っちゃんが帰って来たら仲良く食べるんだよ」

安兵衛は木箱から四人に渡す豆銀糖を取り出した。

木箱をのぞいていた嬶が南部表を見つけて聞いた。

「おや、ずいぶんきれいな雪駄だね」

「ああ、これですか。南部表と言う雪駄です。南部藩のご城下、盛岡で買って来たんですよ。

豆銀糖は盛岡の土産」

「高そうな雪駄だね」

「一足、五百文（一万二千五百円）」

「へえ、うちの宿六の一日の稼ぎが吹っ飛んでしまうね」

大工の手間賃は高く、霞露町でも一日四百文（一万円）は取るが、やはり南部表には手が出ない。

安兵衛が豆銀糖を手渡そうと、初の顔を見たら妙にこわばっている。

「お初ちゃん、どうかしたのかい」

「これ……。これ、あの男が履いていた」

「あの男って。おっ母さんを殺した男かい」

初がうなずいた。

三人の嬶が顔を見合わせてから言った。

「大家に知らせなきゃ」

一番若い嬶が赤ん坊を背負ったまま走って行った。

すぐに大家の徳三が息を切らしてやって来た。

「確かにこんな雪駄を履いていたんだね」

初は、こくり、とうなずいた。

初に念を押した大家が言った。

「自身番に行こう」

徳三は初の手を引いて歩き、その後ろから嬶三人と安兵衛がついて行った。

次の日、一本松に行った安兵衛は伊助を見つけると、きのうの徳三長屋での出来事を教えた。

「お初ちゃん、よく思い出したねえ。下手人が捕まるのも近いぜ」

伊助がきっぱりと言ったため、安兵衛は首をひねった。

「いいか、安。徳三長屋に出入りする職人は、ほとんどが草鞋《わらじ》履きだ。職人以外の大家や女、子どもは下駄履きだ。草鞋は二十四文（六百円）ぐらいだ。下駄は草鞋の倍以上するが、雪駄はもっと高い。それよりも高い南部表の雪駄を履いている男は、このご城下に何人もいないぜ。南部表を履いている男を一人一人調べて行くと、下手人にぶつかるはずだ」

「そうか……。そうですね」

「そうなんだが、ご城下にいる与力、同心、岡っ引きの数が少ないから下手人にたどり着くまでに時がかかりそうだ」

「せっかく、お初ちゃんが思い出したと言うのに、それじゃ下手人に逃げられてしまうかもしれない」

「そうよ。だが、おれたちがそうはさせない」

安兵衛はまた首をひねった。

「安、わしたちは毎日、どこで、何をしているんだ」

「毎日、ご城下で、商いを……」

「そうよ。みんな、ご城下を隅から隅まで歩いて商いをしている。と言うことは――」

「あっ、そうか」

「そう言うことよ」

伊助は商いに出ようとしている連中を呼び集めて言った。

「大工町の殺しの下手人は、南部表の雪駄を履いている男だ。見かけたら自身番に行って知らせろ。きょうも南部表を履いているとは限らない。しかし、南部表を履くような奴は洒落者だ。そこに気をつけて、目を光らせろ。耳をそばだてろ。自身番に誰もいなかったら後でわしに教えてくれ」

　棒天振りたちは、おう、と応じて城下に散った。

四

　大の月の三月が終わり、きょうから小の月の四月（新暦五月六日）だ。一月《ひとつき》が三十日ある月を大の月、二十九日の月を小の月と言った。

　霞露岳の中腹にあった馬形の雪形も消え、黒っぽい地肌が広がってきた。

　一本松の下で伊助が安兵衛に教えた。

「目星がついてきたぜ」

「本当ですか」

「芋田村の菊八と言う百姓だ。お育さんの幼なじみだ。ずっと思いを寄せていて何度も口説いたが、そのたびに振られたのさ。振られた腹いせのように今度はお育さんをつけ回すようになった。もちろん、そんな菊八にお育さんがなびく訳がない。逆に、何とか菊八から逃れようと思っていたところに、用二の嫁に、と言う話が飛び込んできた。嫁に行けば、あきらめるだろうと思ったようだが、あきらめる男ではなかったのさ。用二の嫁に行ったのを裏切りと思い、殺す機会をうかがっていたようだ」

（お香姐さんのところのお寅さんも芋田村の人だ）

安兵衛はちょっと気になった。

「でも、嫁に行ったのは二年前ですよ。あきらめるのが普通ですよ」

「そうではなかったのよ。執念深い菊八にとって二年前は、きのう、おとといのようなものだ。この二年間、お育さんを恨み続けてきたのよ。聞けば、菊八は何年も前から百姓仕事を手伝いもしないで北泉《ほくせん》道場に通っていたと言う話だ」

北泉道場は霞露町中小路にある。北泉流は北泉《きたいずみ》庚三郎が編み出した一刀流だ。霞露藩の若い藩士の半数近くが通っている。

（親父さんは、いつ、どこで調べたのだろうか。腕のいい岡っ引きでも、こう簡単に行かないのではないか）

「菊八はかなり熱心に稽古に励んだようだ。お育さんが一突きで殺されたのも分かる気がする。だから、安、気をつけろよ」

「えっ。どう言うことですか」

「菊八は絶対に身元がばれないと思っていたはずだ。お初ちゃんは小さいから自分の姿を見たとしても覚えていないだろうし、覚えていても証を立てることができない、と踏んでいたのさ。そこに南部表と言うはっきりした物が出てきた。これはまずいと思った菊八が次に考えるのは、南部表を教えた奴を殺すことだ」

「まさか、親父さん……」

「まさか、じゃない。安、菊八はそう言う男さ。恨みを晴らすために二年間、じっと待って支度してきた。支度が整ったと思ったら、しゃにむに突き進む奴だ」

安兵衛は血の気が引くような気がした。

「ここ二、三日、誰かに後をつけられた覚えはないか」

首を横に振った。

「安の長屋は八日町だったな」

安兵衛はうなずいた。

「念のため、しばらく八日町の長屋に戻らない方がいい。ああ、桜坂の姐さんのところも止めた方がいい。お香さんがさらわれたりすると、ことだぜ」

(親父さんは桜坂のことを知っていたのか。しかも名前まで……)

「四、五日、うちに来るがいい」

その晩、安兵衛は伊助の長屋に泊ったが、自分が狙われていると考えると、あまり眠れなかった。

翌日、安兵衛は伊助に言われた通り諏訪町などの武家町を歩いていた。

「くしー、かんざしー。おしろいに、べには、いかがですかー。化粧道具も取りそろえておりまするー」

大きな売り声を上げて武家町の裏通りを行く。

ふた回り目に、見せておくれ、と声がかかった。

初めて入る屋敷だった。白粉や桜紙などを売って屋敷を出たとき、さっと身を隠す男の姿が安兵衛の目の端に映った。心の臓が躍った。

(親父さんが言っていた男か――)

気づかぬふりをして売り声を上げたが、少し震えている。

「くしー、かんざしー。おしろいに、べには、いかがですかー。化粧道具も取りそろえておりまするー」

男は半町（約五十五メートル）ほど後ろからついて来る。

（北泉道場で腕を上げた、だと……。冗談じゃない。こっちはからきし駄目だぜ。親父さん、どうしてくれるんだ）

半町が十間ほどに詰まった感じだ。男の足音も聞こえるような気がする。ぺたぺた、と言う雪駄の音はしない。草鞋を履いているのかもしれない。

振り返りたいが、そうする訳にもいかない。

走って逃げたいが、四段重ねの木箱を担いだまま逃げると、すぐに追いつかれるに決まっている。

どうしよう、と思いながら、大きな声を張り上げた。

「くしー、かんざしー。おしろいに、べには、いかがですかー」

（どこかのお屋敷が声をかけてくれないか。かけてくれたら、半値、いや、ただでもいい……）

「化粧道具も取りそろえておりまするー」

十間先に四つ辻が見えた。

（あそこを右に曲がれば一本松の方角だ。曲がったら、走って逃げよう。荷は捨てる）

安兵衛は急ぎ足になった。

後をつけて来る男も急ぎ足になったようだ。

（五間に縮まったな。一気に走って来て刀を振るわれたら……）

心の臓が高鳴った。

（親父さん、もうおしまいだ）

観念して走り出そうとしたとき、辻の右から水売りの五助が現われた。

「みずー。つめたーい、みずは、いかがですかー。一杯、三文（七十五円）のあまーく、つめたーい、みず。あまーい、しらたまもいかがですかー」

大きな売り声を上げた五助は、安兵衛の脇を通り抜け、安兵衛の後ろをついて来た男に声をかけた。

「旦那、冷たい水、どうですか。額に汗が浮かんでいますよ。一杯、三文。二杯で五文（百二十五円）におまけしますよ」

ほっとして振り返ると、急ぎ足で逆戻りする男の後ろ姿が見えた。

着流しに、不似合いな草鞋履きだった。

五助がそばに来ていった。

「しっかりと男の顔を見たぜ。こずるい顔をしていた」

「五助さん、お陰で助かりました」

安兵衛は頭を下げた。脇の下を冷たい汗が流れた。

「安も逃げ出さずに囮《おとり》の役を果たしたな。ほれ」

五助は地面に置いた水桶から水を一杯汲んで安兵衛に差し出した。

「今ごろ、針売りの松蔵が菊八の後をつけているはずだ。うまくすれば、奴の住処《すみか》が分かるはずだ」

「五助さん、伊助さんは何者なんですか」

「さあな。おれが知っているのは油売りの伊助さんだ」

安兵衛は飲み終わった椀を返した。気が高ぶっていたため、飲んだ水が甘い水だったのか、ただの水だったのかも覚えていなかった。


夕方、安兵衛が一本松に行くと、伊助と五助と松蔵が顔をそろえていた。

松蔵は安兵衛の顔を見るなり詫びを言った。

「面目ねえ。巻かれてしまったよ」

伊助がかばった。

「しょうがないさ。松は岡っ引きと違ってつけ回しをしたことがないからな。ただ、こうなると、菊八の動きが変わってくるな」

五助と松蔵が相槌を打った。

安兵衛も伊助が言っていることが分かった。

「菊八は、あっしを後回しにして、お初ちゃんを……」

「そうよ。奴はお初を狙うはずだ。媾と娘を失って嘆き悲しむ用二を見て陰で笑い、最後にお育を奪った用二を殺そうと思っている」

五助が口を挟んだ。

「今晩は、お父っちゃんがいるから大丈夫だろうが、問題はお父っちゃんが出かけた後の明日の朝以降だな」

「そうだ。で、どうする」

これといった妙案が浮かばなかったが、明日の晩から二、三日、初を伊助の知り合いの侍に預けることにした。

五

翌朝、安兵衛は朝飯もそこそこに徳三長屋に行った。

いつもの三人の嬶が井戸端で洗った茶碗を長屋に運び込むところだった。

「おはようございます。あれ、お初ちゃんは」

「さっき、見知らぬ小僧がやって来て、『お初ちゃんのお父っちゃんが仕事場で落ちて大けがして上小路の医師に運ばれた』と言って迎えに来たところだよ」

「わたしたちも早くここを片付けて行こうと話していたのさ」

「しまった――」

「安さん、どうしたんだい」

「その小僧は、お育さんを殺した奴の使いだ」

「えーっ」

青くなった安兵衛が三人に聞いた。

「木戸を出た後、どっちに行ったか、覚えているか」

「上小路の医師と聞いたから、どっちに行ったかまで見ていないよ」

慌てふためいて通りに出ると、伊助と五助と松蔵が近寄って来た。

安兵衛が、お初ちゃんが見知らぬ小僧に連れ出された、と教えると、きのう、菊八に巻かれた松蔵がすぐに動いた。

「あの野郎、どこまで汚い奴だ――。上小路だな。確かめて来る」

五助も商売道具を置いて棒天振り仲間に知らせるために走って行った。

残ったのは伊助一人だった。

「心配するな。仲間が見つけてくれる」

「へ、へい……」

「お育さんに続いてお初ちゃんを殺させやしねえよ」

「………」

「心配するな、と言っても無理だろうが、ここは仲間の繋ぎを待とうじゃないか」

「へ、へい……」

待ったが、繋ぎが来ない。

じりじりして待っているうちに徳三長屋の嬶三人が上小路の方に急ぎ足で行った。

四半刻（三十分）ほどしてから松蔵が戻って来た。

「大工の用二は運ばれていませんぜ。多分、元気で稼いでいると思いますが、用二の仕事場を探して確かめてきます」

「頼むぜ」

さらに一刻（二時間）が経った。五助が戻って来た。

「ひょっとして安のお得意さんの桜坂に行ったんでは、と思って行ったら、婆さんが出て来て『芋田村の菊八が見知らぬ子どもを連れて入り込んで来た』とわめいたんでさ。表戸から声をかけてみたら、『お初を助けたければ、小間物屋の安兵衛を呼んで来い。来ないと、お初も、ここの女もどうなるか分からない』とどなり返してきたんだ」

後で知ったことだが、芋田村の菊八の家と寅の家は、半町ほどしか離れていなかった。菊八はがきのころから寅の家に出入りし、寅の目をかすめて食い物や小銭を盗んでいた。二、三年前に城下でばったり会ったとき、寅が香と言う女の身の回りの世話をしている、よく小間物屋の安兵衛から化粧の品々を買っている、と聞いた。南部表の仕返しをしようと考えていたとき、寅の話を思い出したのだった。執念深い菊八は、安兵衛をおびき出して殺すつもりで初を連れて押し入った。安兵衛の名前と住まいは、担ぎ屋の誰かに聞いて簡単につかんだそうだ。背丈が五尺六寸もある大柄な担ぎ屋は、一人しかいないからだ。

安兵衛は徳三長屋の大家に背負い箱を預けて桜坂に向かって走った。

伊助も油桶を預けて黒光りする天秤棒を持って続いた。


二人が桜坂に着くと、何人かの棒手振りが一軒家を見張っていた。

香の世話をしている寅を見つけた安兵衛が、どうなっているのか聞こうとした。これを制して伊助が確かめた。

「家の中にいるのは、菊八と見知らぬ女の子とお香さんかい」

寅はうなずいた。少し落ち着きを取り戻していた。

「菊八が小さな女の子を連れて飛び込んで来て『小間物屋の安兵衛を呼べ。役人に知られないようにしろ。一刻以内に来ないと、この女を殺す。さらに四半刻待って安兵衛が来なければ、初を殺す』と。外に出たら、この人と会ったのさ」

寅は五助の顔を見た。

「まだ一刻は経っていないな」

「まだ経っていないけど、もうじき一刻になる」

伊助が棒手振り仲間に命じた。

「お役人が来たら、少し見守ってください、と頼んでくれ。役人が来たことを菊八に知られると、ますます気が高ぶって何をしでかすか分からないからな」

うなずいたのを見た後、五助と安兵衛に言った。

「五助、裏に回れ。入れたら忍び込め。安、行くぞ。大丈夫、心配するな」

そう言われても安兵衛の足が震えた。

「菊八。小間物屋の安兵衛だ。来たぞ」

安兵衛は落ち着いたつもりで大声を出したが、震えている。口の中がからからだ。

「入って来い。心張り棒はかけていない」

甲高い声だ。初めて聞く菊八の声だった。

安兵衛の後ろについている伊助がささやいた。

〈進め、安。この家を知っているだろう〉

安兵衛は小さくうなずいた。

表戸に手をかけて横に引いた。すうっ、と開いた。

〈声をかけろ〉

「来たぞ。お初ちゃんを返せ。姐さん、お香さんもだ」

半坪の三和土に立った。春の日差しがまぶしい外から入ったため、内は暗くて歩きにくい。目が慣れていないからだ。

上がって右に行くと居間だ。その奥は寝間だ。

左は台所だ。寅の寝間はその奥だ。二つの寝間の間には押入れがある。

妾と世話をする婆さんの二人が住んでいる家だから広くはない。菊八が潜む場所は限られている。まして初と香がいる。香の寝間に潜んでいるかもしれない。

三人の気配を感じ取ろうと、安兵衛は気を研ぎ澄ました。

〈声をかけろ〉

「菊八、いや菊八さん。小間物屋の安兵衛がこの通りやって来ましたよ。来れば、お初ちゃんとお香さんを解き放してくれるはず……」

居場所を知られたくないのか、返事がない。

「菊八さん、上がりますよ」

安兵衛は草鞋のまま上がり口に上がり、居間を向いて声をかけた。

「菊八さん。安兵衛がやって来まし――」

突然、台所の方から菊八が飛び出して来た。

「余計なことをしやがって。安兵衛、死ねー」

声を聞いて安兵衛が振り返ろうとしたとき、背中をどんと押された。障子にぶつかって居間の前の廊下に転がった。

倒れたまま肩越しに見ると、菊八が振りかざした脇差しを打ち下した。

(あー、斬られる——)

きーん。

鋭い音がした。

伊助が差し出した天秤棒が菊八の脇差しをはねのけた。

伊助は上がり口に飛び上がり、菊八と安兵衛の間に立った。

伊助と菊八の距離は一間しかない。

腕に覚えがあるのか、菊八が上から激しく攻めたてる。だが、伊助は棒を両手で差し上げて難なくかわしている。

安兵衛が見ていると、菊八の顔つきが変わってきた。

最初の一太刀を浴びせたときはすぐに仕留めてやると言う目つきだったが、その目に焦りの色が浮かんでいた。

「お前は誰だ」

「わしか。わしは油売りの伊助」

「油売りごときが、このおれに勝てると思っているのか」

油売り、と聞いたとたんに菊八の口許が緩み、驕《おご》りの笑みが浮かんだように安兵衛には見えた。

「さあ、どうかな。やってみないと分からないぜ」

「おれは北泉道場でも師範代にも負けなかった男だ」

「わしも油桶を担ぐ六尺棒を結構遣いますぜ」

「何だと――」

「しかも、この棒は硬く、折れない鉄木《てつぼく》でさ。菊八、お前の骨を砕くのも造作がない」

「何を抜かしやがる。棒術遣いと試合をしたことがあるが、負けたことがない」

菊八の脇差しは、一尺七寸ほどか。

得物の長さでは、六尺棒を持つ伊助が有利だ。

だが、北泉道場で鍛えられたと言う誇りからか、菊八は伊助を舐めてかかっていた。中段に構えていた脇差しを、すうっ、と上げた。

伊助は左足を前にして棒を突き出していたが、菊八が上段の構えに変えたのを見て棒を一尺引いた。

誘いに乗った菊八は、一瞬で一歩右に動いた。

半身に構えていた伊助の左側に移動したため、視界が一瞬狭くなった。

それを読み、菊八はすかさず鋭く振り下した。脇差しが、びゅん、とうなった。

視界の狭い伊助の左肩の方から二の太刀、三の太刀と斬りつけて来たが、天秤棒で受け流した。

「この野郎」

叫びながら振り下した四の太刀もかわし、左足を軸に体を半回転して鉄木を素早く、つん、と突き出した。難なく菊八の顎《あご》をとらえた。菊八が思い切り踏み出した分、衝撃が大きく、もんどり打って倒れて気を失った。

それを見て安兵衛が立ち上がり、伊助のそばに寄った。

「安、よくやった」

こう言った後、伊助が奥に声をかけた。

「五助、こっちは片付いた。そっちはどうだ」

「今、縄を解いているところでさ」

安兵衛が五助の声がした台所に行くと、猿ぐつわを解かれた初と香がいた。

五助が初の縄を解いているところだった。

初は、安兵衛の顔を見てほっとしたのか、大声を上げて泣き出した。

「お初ちゃん、もう大丈夫だ。心配ないよ」

こう言って初の頭を撫でた。

「安、姐さんの縄を解いてやりな」

五助に促されて香の縄を解いた。

「安さん、怖かった――」

香が安兵衛に抱きついた。

安兵衛は初も抱き寄せ、三人で声を上げて泣いた。


外に出ると、用二が飛んで来た。初を抱きしめ、涙を流しながら言った。

「無事でよかった。よかった……。初に、もしものことがあれば、お父っちゃんは……、お父っちゃんは……」

後は言葉にならなかった。

大家も三人の嬶も父子を囲んで泣き、笑った。

役人に菊八を引き渡した伊助は、用二や大家とともに奉行所に行った。


やがて安兵衛は、初の手を引いて歩き始めた。

桜坂の桜並木に通りかかると、足を止めて桜を見上げた。

春風が、ふうっ、と吹き抜けた。

花びらが、はらはら、と散った——。

盛岡に行く往来手形を頼んだ後、ここを通ったときは一分咲きだったが、いまは散り始めていた。

「桜、終わったね」

安兵衛が上げた櫛を挿した初の黒髪に花びらが乗った。

「うん」

相槌を打った後、胸の裡でつぶやいた。

(今年の春は、花を見ないうちに終わったな……)

初が残念そうに言った。

「花を見ながら、まめ、まめぎん……」

「豆銀糖」

「そう。花を見ながら、豆銀糖、食べたかったね」

「うん。来年、そうしよう」

「豆銀糖、来年まで取っておくの」

「心配しなくていいよ。来年、また買って上げるよ」

「よかったー。お父っちゃんも一緒に、ね」

「もちろんさ」

香の顔が浮かんだ。

(お香姐さんも一緒だったらいいな)

安兵衛は、初の手を取り、また歩き始めた――。

鳩笛の音

一

八日町の次郎兵衛長屋を出た安兵衛が大家の家の前を通ったとき、かたん、と音がした。

（はて、何の音だ）

ちょっと首をかしげて音がした方を見ると、軒先にぶら下げている木札が風に揺れている。木札が板壁にぶつかった音のようだ。木札には「小の月　七月」と書いてある。きのうまでは「小の月　六月」と言う木札が下がっていた。大家が取り換え、きょうから七月と教えている。

安兵衛の長屋に限らず、ほとんどの家には暦がない。次郎兵衛長屋のように大家の家の前に下げた木札を暦替わりにしているのだ。小の月は一月《ひとつき》が二十九日、大の月は三十日だ。日にちは新月が一日、満月が十五日、と言う具合に月の形を見れば分かる。暦がなくとも毎日の暮らしの用は足りる。

「天明八（一七八八）年も半分の日にちが過ぎたのか……」

こう独り言を言った安兵衛は、きょう一日（新暦八月二日）が来るのを待ちわびていた。

心を寄せる得意客に頼まれた品を届けることになっていたからだ。この客は、どこかの大店の大旦那に囲われ、桜坂に住む香《こう》と言う女だ。しばらく顔を見ていなかったので香と会うのを楽しみにしていたのだ。

長屋を出た安兵衛は、いつものように近くの一膳飯屋『もりよし』に行った。朝晩の飯をここで食っている。

安兵衛の生業《なりわい》は小間物屋だ。主に化粧道具を扱っているが、客に頼まれると、玩具でも露わな枕絵でも何でも仕入れて来る。いつも風呂敷に包んだ四段重ねの木箱を背負っている。木箱一つの大きさは、幅一尺五寸、奥行き一尺、高さ八寸だ。この中にさまざまな小間物が入っている。

かなりの重さだが、背丈が五尺六寸と大柄な安兵衛には苦にならない。

もりよしに入ると、使用人の多恵が白湯を出した。安兵衛の幼なじみだ。二つ年下だから十八になった。その多恵が近ごろ、急に色っぽくなったような気がする。ときおりまぶしく見えることがある。だが、安兵衛の目にはまだ子どものように映っている。ついつい大人の色気をたたえた香と比べているのだ。

朝飯を食い終わった安兵衛は、いつものように霞露川に架かる椿橋のたもとに立つ一本松に足を向けた。

霞露川は城下の真ん中を流れ、椿橋は城下のほぼ真ん中に位置する。ここに毎朝、棒手振りや担ぎ屋の男たちが顔をそろえる。この日の朝もいつもの面々が顔をそろえていた。夜が明けて間もない城下を回って朝飯用の青物や豆腐、納豆、川魚などを売って来た者もいれば、これから商いに出る者もいる。

一本松の下で朝飯を食っているのは、ひと仕事を終えた連中だ。一膳飯屋で朝飯を食って来た鋳掛《いかけ》屋や笊《ざる》売り、草鞋《わらじ》売りは、のんびりと莨《たばこ》をのんでいる。

「あそこの長屋の真ん中の嬶《かかあ》が使っている包丁が切れなくなったそうだ。研いでほしいとさ」

研ぎ屋も兼ねる鋳掛屋の治助に声をかけている者がいる。

毎朝、こんな具合にそれぞれが仕入れた話の種を教え合っている。

担ぎ商い五年目の安兵衛は、たまに教えることもあるが、教えられることが多い。だから泊りがけの商いに出ていない限り一本松に顔を出すようにしている。

安兵衛が油売りの伊助に挨拶すると、おう、と応えて水売りの五助を顎で示した。

「安、きょうは五助の後ろをついて歩きな。暑くなりそうな天気だ。暑くなると、五助の冷たい水がよく売れるはずだ。うまい冷たい水を飲んで気分がよくなった客が、安から何か買ってくれるかもしれないぜ」

五助が目をむいた。

「安、ついて来るなよ。お前と一緒だと、若い女が水を買わずに白粉《おしろい》や紅を手にするに決まってる。こっちが干上がってしまう。お断りだよ」

伊助が声を上げて笑った。

「きょうから七月だ。しばらく暑い日が続くぞ」

安兵衛が空を見上げると、半刻（一時間）ほど前まで浮いていた朝焼け雲が消え、雲一つない青空が広がっていた。

「安、きょうはどっちを回るつもりだ」

「桜坂のお得意さんに頼まれた品を届けた後、芋田村に足を伸ばそうかと思っています。あまり暑くならないうちに早めに動きますよ」

芋田村は城下の南にある農村だ。

「そうだな。早めに動くに限るな」

伊助と安兵衛は腰を上げた。

二人は一町（約百九メートル）ほど並んで歩いた後、別々の道に進んだ。

安兵衛は何軒かの得意先を回り、飛び込みの商いもした。

桜坂の香の家に着いたときは、日が高くなり、汗を掻いていた。汗疹《あせも》ができたのか、首が痒い。背負っている風呂敷が首に当たっているところだ。

勝手口から声をかけて台所に入ると、寅が出て来た。

「この間、頼まれた品を届けにまいりました」

汗を拭ってから四段重ねの木箱を下し、白粉と白粉刷毛、紅と紅筆などの注文の品を取り出した。

「きょうも暑いね、安さん。さあ、一息つきな」

こういって寅が白湯を出した。

「これはご馳走だ。ほんとにきょうは暑いよ。でも、ここの台所は日が差さないから涼しくて気持ちがいい」

「はい、お代。これで――」

「へい。あっ、少し多いですね。お釣りがありますよ」

「奥さんから、これを渡しな、と言われたんだよ。取っときな」

「これはどうも。ありがたいこって。お返しといっては何だけど、これ、南部藩の盛岡で買った豆銀糖でさ」

安兵衛は経木に包まれた菓子を二つ取り出した。

「一つは奥さんに、一つはお寅さんに」

安兵衛が奥さんと呼んだのは、香のことだ。安兵衛より五つ年上の二十五だ。

香が顔を出さないかと思って奥に目をやったが、気配がない。

安兵衛の初めての女だった。数年前に一夜を共にし、以来、寅が芋田村にある家の田植えと稲刈りの手伝いに行ったときに泊りに行く仲だった。どこかの大店の大旦那の囲い者だそうだが、誰に囲われているのか知らなかったし、知ろうとも思わなかった。

「いつもすまないねえ。何て、言ったっけ。まめ、まめぎん……」

寅はうれしそうに聞いて経木を少し開けてのぞいた。

「豆銀糖。甘い菓子だよ」

「旦那様が帰った後で奥さんと食べるよ」

「旦那さん、来ているのかい」

「きのうの夕方に来たんだけど、元気がなくてさ」

香との仲を知らない寅が教えた。

そのとき、庭に面した縁側の方から、ほうほう、と言う笛の音が聞こえてきた。

「あれっ、鳩笛だ」

「よおー、分かったのう」

鳩笛の音を聞いた安兵衛の胸に、瞬く間にさまざまな思いが行き交った。

最初に思ったのは、知ろうとも思わなかった旦那が誰か知ってしまったことだった。

(お香姐さんの旦那は、呉服町の古着屋『市古堂』の大旦那だったのか――)

次に思ったのは鳩笛のことだった。

(よおー、分かったも何も、あの鳩笛は二十日ほど前に市古堂の大旦那に売った物じゃないか。「孫をあやす優しい音の笛がないだろうか」と頼まれて津軽藩で作られている鳩笛を探して来たのだ。あんないい音色の土笛を持っているのは、ご城下では商っているおれと買い求めた市古堂の大旦那ぐらいだ)

「あの笛の音は一度聞いたら忘れられませんからね。で、何で元気がないんですかね」

寅が声をひそめて言った。

「安さん、そのことだけど……。ここだけの話だよ。よそで話しては駄目だ」

「へい。どんな話で――」

「実はね、四日前に旦那様の孫さんがさらわれたんだって」

「さらわれたー」

（四日前と言うと六月二十六日（新暦七月二十九日）か……）

「そんな大声を出すな。おかしな人さらいで、いまだに何の求めもないそうだ。旦那様は三十両（三百万円）でも五十両（五百万円）でも支払うつもりだそうだけど、何も言ってこないんだって」

「…………」

「孫さんは市松って言う三か月の男の子だ。生まれたときは、四代目ができた。こんなめでたいことはない、ってご機嫌だったのさ。あの鳩笛を吹いて聞かせると、きゃっきゃ、笑ったと言っては相好を崩していたもんだ。ところが、思いも寄らない人さらいに遭ってすっかり元気をなくしてしまった。鳩笛を吹いて孫さんを思い出しては無事を祈っているのさ」

「人さらいには、二《ふた》通りあるって言いますぜ。一つは銭狙い。もう一つは子どものいない夫婦の子どもほしさ」

「旦那様の孫さんをさらったのは、子ども狙いと言うのかい」

「何も言ってこないところを見ると、子ども狙いかも……。いや、分からないよ。あっしの当て推量だよ。一刻も早く帰って来ることを願っているよ。また来ますよ」

風呂敷に包んだ木箱を背負ってから寅に聞いた。

「きょうは奥さん、お出かけかい」

「いいや。うちにいるよ。気落ちしている旦那様のそばについて上げているんだ」

「そうでしたか。奥さんによろしく言っておくれ」

こう寅に言伝を頼んで外に出た。日差しが強く、三度笠を被っていても頭が暑いような気がした。

（お香姐さんに会えないうえにこの暑さか……。お天道様を恨みたくなるよ……。姐さんの旦那は市古堂の大旦那だったのか……。知らない男だったら、よかったのに……。孫さん、市松坊ちゃん、早く見つかればいいな）

芋田村に向かう安兵衛を追いかけるように背中から鳩笛の音が聞こえてきた。

ほうほう、ほうほう――。

二

翌二日朝、一本松に行った安兵衛は、油売りの伊助を探した。

伊助は、安兵衛の死んだ父親安吉と親しかった。二つ年上の安吉が兄貴分、年下の伊助が弟分と言う付き合いだった。そんなことから安兵衛は、子どものころから伊助にかわいがられ、父親が死んだ後、伊助を「親父さん」と呼ぶようになっていた。

四十一歳の伊助は、振り売り商いが長いせいか、城下の裏表に通じていた。人の動きや繋がりにも詳しく、まるで細作《さいさく》（間者）のようだなと思ったほどだ。そんな親父さんに話せば、何か分かると思った。

見つけると、挨拶もそこそこに桜坂の婆さんに口止めされた話を教えた。

「へえ、そうかい。噂も耳にしていないな。さらわれた孫の命を心配して口をつぐんでいるんだろう。ちょっと探ってみるが、安、婆さんに言われた通り誰にも言うんじゃないぞ」

その翌日も翌々日も顔を合わせた伊助は、首を左右に振るだけだった。数日経った七日（新暦八月八日）朝も伊助は、済まねえ、と詫びるように右手を顔の前に立てた。市松がさられて十日が経っていた。

（市松坊ちゃんは乳を飲ませてもらっているだろうか。きょうも暑い一日になりそうだが、暑さに負けないでいるだろうか）

安兵衛は会ったことも見たこともない市松のことを気遣いながら商いに歩いた。

「くしー、かんざしはいかがですかー。おしろい、べにもありまするー」

大声を上げて禄高の低い武士や足軽が多く住む弓町を歩いていると、裏口から下女が出て来て聞いた。

「天瓜粉《てんかふん》はあるかい」

天瓜粉は黄烏瓜《きからすうり》の根から採った白い粉だ。化粧用にも使うが、汗疹によく効くと言われ、小さな子どものいる家では夏には欠かせない薬だ。暑くなると、よく売れる。安兵衛も使っている。

「はい。ありますよ」

下女は、お入り、と言うように顎で裏口を示した。

通された台所では、二十七、八の奥方が乳飲み子を抱いて待っていた。

「この子の汗疹がひどくてのう。汗疹には天瓜粉がいい、と聞いたので一つほしいのじゃ」

安兵衛は木箱の中から天瓜粉を取り出して奥方の前に置いた。

「はい、これでございます。汗をこすらずに拭き取ってから天瓜粉を白粉叩きでまぶしてください」

銭を受け取りながら奥方を見ると、顔色が悪い。安兵衛の方を向いて抱かれている乳飲み子も血色が悪く、顔に笑みがない。安兵衛の知っている赤ん坊は、起きているときは母親の腕の中で元気に動いて声を上げるが、ここの赤ん坊は動きが鈍く、声も出さない。とても乳をたっぷり飲んでいるようには思えない。そう思って見ると、腕がやたらと細い。

「失礼ですが、奥方様はだいぶお疲れのようで」

「この子の夜泣きがひどくて眠れないのじゃ」

「夜泣きですか……」

「おなかが空いているのか、よくむずかってのう」

奥方はこう言って赤ん坊をあやしたが、顔は見ていない。

「お子は、何か月になるのですか」

「もうじき四か月。乳の出が悪く、重湯を薄くのばして与えているためか、育ちが悪くて……。葛粉でも与えようかと思っていたところじゃ。葛粉を持っていないか」

「あいにくきょうは手持ちがありませんが、明日でよろしければお届けします」

奥方がうなずいたのを見て安兵衛は、木箱を背負って立ち上がった。

裏口を出たとき、ふと思った。

(ほんとに重湯だけで育てのだろうか。もらい乳をしなかったのだろうか。それにしても変な抱き方だったな――)


夕方、安兵衛は一本松に行き、伊助を探した。

ほどなく天秤棒に油桶を下げた伊助が軽い足取りで戻って来た。五助も一緒だ。

「五助。水を一杯、くれ。安、何か話があるような顔をしているが……」

へい、実は、と安兵衛は弓町で天瓜粉を売った後にふと思った疑念を語った。

「もらい乳に歩いた形跡がないのか……。それに変な子の抱き方か……。確かに気になるな。その武家の名は何と言う」

「越塚、と聞きました」

「こしづか、ねえ。五助、越塚と言うお武家を聞いたことがあるか」

「確か、文書方の若い侍だったような……」

「五助、明日、当たってみてくれ」

「へい、任せてください」

安兵衛は二人のやりとりをきょとんとした顔をして聞いている。安兵衛は知らなかったが、伊助は藩忍び御用竿灯組の細作頭だった。五助は伊助の手足となっている細作だ。

「親父さん、市古堂の孫さんと関わりがあるかと思ったんですが、思い過ごしですかねえ……」

「それは分からねえ。分からねえが、思い過ごしでないかもしれない。安、葛粉を届けるのを一日、二日、待ってくれ」

「えっ、それは困ります。明日届けると約束したんです」

「あっしの勘違いで切らしておりました、明日あらためて持って来ます、って言えばいい」

こう言った後、伊助は声をひそめて考えを伝えた。

「うまく行きますか」

「うまく行くに決まっている。九日（新暦八月十日）までに段取りをつけておく」

三

九日の朝、安兵衛が越塚の家の裏口に行くと、ほどなく伊助が見知らぬ女を連れて来た。

「安、打ち合わせ通りにやるんだぜ」

伊助はそういって預かっていた葛粉を安兵衛に返した。

「箱に仕舞いな。お内儀も子どもを見ても感情を面に出さないように。お内儀の名は、そうさな、お千さんと言うことにするか」

千と名づけられた女が自信なさげにうなずいた後、小さな声で安兵衛に聞いた。

「確かに市松なんだね」

「油売りの親父さんから聞いた人相によく似ていましたよ。赤ん坊にしてはきりっとした濃い眉だったし、耳も大きかった。生まれて三か月半と言う年もぴったり。おととい行ったとき、泣いていたんですがね、持って行った鳩笛を吹いたら、ぴたっと泣き止みましたよ。何よりの証と思いますがね」

「それだけでは……。でも、それを信ずるよりないですね」

内儀は藁《わら》にもすがる思いを口にした。

「そう。ここは、安を信ずるよりないですぜ」

安兵衛は葛粉を仕舞った四段重ねの木箱を背負い直し、裏口を開けて声をかけた。

「おはようございます。小間物屋の安兵衛です。先日、話した乳を分けてくれる女《ひと》を連れて来ました。頼まれた品も持って来ました」

声を聞いて下女が出て来た。

安兵衛の後ろにいた内儀を値踏みするように見てから言った。

「この女が乳を分けてくれるのかい」

「へい。あっしの長屋の隣に住んでいる嬶《かあ》さん、お千さんでさ」

台所に入ると、奥方が乳飲み子を抱いて待っていた。

安兵衛は木箱を下しながら言った。

「奥方様、この女が乳を分けてくれるお千さんです。赤ん坊に乳をやってもすぐに乳が張るんだそうです」

「それはうらやましい。それでは頼みます。この子は、おなかが空いたのか、さっきまで大声で泣いていたのさ。重湯をやったら、やっと泣き止んだ」

こう話す奥方から下女が乳飲み子を抱き取って千に引き渡した。

千は台所の片隅に行き、奥方に背を向けて乳を与え始めた。ぐびぐび飲んでいるようだ。

千の肩が小刻みに震えている。泣いているようだ。

(やはり乳飲み子は市松だったのだ)

「奥方様、先日はあっしの勘違いで葛粉を届けるのが遅れて申し訳ありませんでした。これでよろしいか、ちょっと食べてみてくれませんか」

奥方がうなずいて言った。

「馳走になろう。これ、湯を差して」

「あ、あっしがやります。椀を貸してくださいな」

安兵衛は下女が椀を取り出した場所を覚えた。

椀に葛粉を入れ、湯を差して溶いた。

「ちょっと作り過ぎましたかな。椀をもう一つ貸してください。匙は二本」

こういって安兵衛は、一つを奥方に、もう一つを下女に渡した。

「この葛粉は甘みがあってうまいのう」

「へい。あらかじめ砂糖を混ぜておりますので余計甘いかと――」

「そうか。そうであろうな。椀に一つ、ぺろりと食べてしまううまさじゃ」

下女もこんな甘い物を食べたことがない、と言う顔をして平らげた。

「この葛粉、一袋、いくらじゃ」

「お届けが遅れましたお詫びに今回は、ただと言うことに。次からきっちりとお代を頂戴します」

「それは悪いのう」

「いいえ。悪いのは約束した日にお届けできなかったあっしの方でさ」

安兵衛が千を見ると、久々に乳を飲んで満腹になった赤ん坊が内儀の腕の中で眠り始めていた。

奥方と下女に目を移すと、二人ともまぶたが重くなったような顔をしている。

「……お腹《なか》がいっぱいになったせいか、何だか眠くなってきた……」

(親父さんの言った通りだ。眠り薬が効いてきた)

少しの間、ようすを見ていた安兵衛は、奥方と下女が眠り込んだのを確かめ、そっと立ち上がった。

静かに勝手口を開けると、外にいた伊助が音も立てずに入り込んだ。

伊助は無言のまま内儀の手を引いて出た。

安兵衛には見えなかったが、幼い息子を抱いた内儀は、裏口で待っていた水売りの五助に守られて呉服町の市古堂に帰った。

安兵衛は手拭いで椀と匙についた葛を拭い、元の場所に戻した。奥方の前にある葛粉の入った袋を懐に入れ、四段重ねの木箱を背負った。

そこに伊助が戻り、忘れ物や落とし物がないかを確かめた後、二人は家を出た。

半町（約五十五メートル）ほど歩いてから伊助にこずかれて安兵衛が大きな売り声を上げた。何事もなかったような声だった。

「くしー、かんざしは、いかがですかー。あせもに、よく効く天瓜粉も取りそろえておりまするー」

四

その夜、安兵衛は伊助に連れられて花屋町にある一杯飲み屋『末広』に行った。

器量よしの女将の末が愛嬌を振りまき、いつもにぎわっている。この日も仕事を終えた職人たちがにぎやかに酒を酌み交わしていた。

二人が小上がりに上がると、女将が二合徳利を二本持って来た。

「こちらの若い人、初めてだね」

伊助が女将に名を教えると、末は笑顔を見せて酒を注《つ》いで、席を立った。

「何か話があると思って気を利かせたのだろう」

伊助は、くいっ、とぐい呑みの酒を飲み干した。

「安、飲みな」

「へい」

安兵衛が酒を干すと、すかさず伊助が注いだ。

「あっ、これはどうも」

伊助が注ぎ終わると、安兵衛は徳利を取って伊助に勧めた。

「安、一杯目はお互いに注ぐが、あとは手酌、と言うことにしようぜ。どうだい、これで」

酒席に慣れていない安兵衛は、どこで酒を注げばいいのか分からなかったから伊助の申し出はありがたかった。

「へい。そうします」

「これは、わしがお付き合いしているお侍から教わった飲み方だ。しょっちゅう杯のやり取りをしていると、飲め飲め、と急かされている感じになって酒の味が分からなくなるからな。だから、二杯目からは手酌。その方がお互いに気兼ねなく酒を楽しめるからな」

「へい。それで、お内儀と子どもは……」

そこに末が刻んだ紫蘇の葉を散らして醤油をかけた硬い豆腐を持って来た。

伊助は豆腐を食い、酒を飲んでから話を続けた。

「まあ、待ちな。そのお侍に聞いたんだが、弓町に住んでいるのは越塚増盛と言う四十俵二人扶持の男だ。年は三十五と聞いた。いま、文書方に勤めている。五、六年前に福と言う名の嫁をもらったが、子宝に恵まれない。越塚は、子ができない、跡取りが生まれない、とふさぎ込んでいたそうだ」

「それは気の毒な話で……」

「そうとも。碌の多少はともかく、お武家にとって跡取りをもうけることが大事だからな。奥方も気に病んでいたが、だんだん子ができないのは越塚のせいだと思い込み、精がつく物を食べさせては毎晩攻め立てていたらしい。それが功を奏したのか、男の子を授かったのだ」

「いつですか」

「生まれたのは四月《よつき》ほど前だ」

「四月ほど前、ですか――。市古堂の孫さんが生まれたのも四月前だ」

ぐい飲みを持つ安兵衛の手が止まった。

「ちょっとよく分からないのですが……」

何が、と言うような顔をした伊助が目で先を促した。

「あの奥方、どこで産んだか分かりませんが、下女ならその辺のことを知っていそうだな、と思ったんです。ところが、あの下女は何も知らないような顔をしている。知っていて隠しているとすると、たいした女だと思って……」

「越塚の嫁は、その辺もぬかりがなかったぜ。産み月が迫ると、難癖をつけて下女を辞めさせたのさ」

「えっ。あっしが話をした下女は違うんですか」

「ああ、いまの下女は二十日ほど前に雇われた女だ」

「それじゃ、あの下女は奥方が本当に産んだのか知らないんだ」

「そうだ。辞めさせられた下女も、な。越塚の嫁は、そろそろ産気づくころだから実家《さと》に帰って産んで来る、と言って家を出て行った。越塚は無事に産んだのか、跡取りが生まれたのか、と気にかけながらも人付き合いが苦手な気性から実家に便りもしなかったのさ。下女も辞めさせていたので一人で飯を作っていたようだ。嫁は家を出てから半月ほど経ったころ、乳飲み子を抱いて帰って来た」

「うれしかったでしょうね」

「そうだ。うれしかったから越塚は、生まれたばかりにしては大きいとか、髪が多いとか、何も不思議に思わなかったのさ」

「子を持ったことがないから余計そうだったのかもしれませんね」

「城下に実家があれば、実家に帰って産むのが当たり前だが、福が実家に帰った気配はない。実家以外の場所で産んだとも思えない。どうやら木賃宿にでも身を潜めて赤ん坊を探していたんだろうな。そして見つけたのが、市古堂の孫さんだったのだ」

「子宝を授かったと越塚様に言ったときから、さらって来るつもりだったんですね」

「おそらく、そうだな。福一人の考えだろう」

「夫婦が示し合わせて誰かに頼んだと言うのは考えられませんか」

「それはない。まず碌の少ない越塚には礼金を工面できない。仮に工面できたとしても、すぐに足がつく。それに越塚にはそんな度胸がない。越塚をよく知る者は小心者と言っているからな。わしがお付き合いしているお侍に調べてもらったら、市松が行方知れずになったときは越塚は文書方で忙しく働いていたそうだ」

「すると、やはり奥方が一人でさらったのか」

「そうだな。跡取り欲しさから切羽詰った福が市松をさらったようだ。ただ、手口が分からない……」

伊助は手酌の酒を飲み、豆腐を食った。

「安。この豆腐、紫蘇が効いていてうまいぞ」

安兵衛は、なかなか母子の話にならないな、と思いながら豆腐に箸を伸ばした。確かに紫蘇の葉が効いていてうまい。

「親父さん。越塚様の家にいた乳飲み子とお内儀なんですが――」

「おお、そうだった。安が聞きたかったのは、あの二人が親子だったか、どうかだったな」

安兵衛がうなずいた。

「親子だったよ。安のお手柄だ。市古堂に送り届けた五助から聞いたんだが、市松の父親も母親も大旦那もみんな大泣きしたそうだ。一番泣いたのは、子守りの女の子だったそうだ」

子守りの女の子の話は、安兵衛も聞いていた。

「あの日、子守りは朝から腹の具合が悪く、嬰児籠《えじこ》に入れた市松を洗い張りの嬶《かかあ》たちに見ているように頼んで厠に行った。その隙にさらわれたんだが、嬶たちはみんな自分以外の誰かが頼まれたと思って市松を見ていなかった。だから、さらわれたと知ったとき、嬶たちは十になったばかりの子守りに責めをなすりつけた。娘はすっかりしょげ返っていたと言うから市松を見て大泣きしたのも無理のない話さ」

安兵衛は子守りの気持ちが分かるような気がした。

「世の中にいろいろな悪事がありますが、親子の情を踏みにじる人さらいはひどい悪事ですね」

「まったくだ。人の親ならば、誰でもそう考える……。だが、ただ跡取りがほしいと考える者は、そうは考えない。お武家には家を守り、次に繋ぐのが大事なことだと言う考えがある。だが、そのために他人の子をさらって来ることは許されることではない。福は他人の子をさらってまでもお家を守ろうとした……。さらわれた子どもの母親の気持ちを考えもしないで、な」

「お家って、そんなに大事なものなんですかね」

「さあな……。振り売りのわしには分からないよ。それにしても、安。福と乳飲み子を見て親子じゃない、とよく分かったな」

「この間、親父さんに話したように、子の抱き方を見て、はてな、と思ったんでさ」

伊助が、そうだ、思い出した、と言う顔をした。

「普通、子を抱くとき、目を見るように子の顔を自分の方に向けますよね。ところが、越塚の奥方は自分のお腹に市松坊ちゃんの背中がくるような抱き方をしたんでさ」

「目と目を合わせることができない抱き方だ、と安が言っていたな」

「へい。それで、こんな母親がいるんだろうか、と思ったんでさ」

「その抱き方に気がつかなければ、市松は見つからなかったろうな。うむ、やはりお手柄だ」

伊助が手酌しようとしたが、徳利が空だった。

「女将、酒、二本」

「そんな大きな声を出さなくとも聞こえてますよ」

安兵衛が末広の中を見回すと、客のほとんどが帰っていた。

「越塚様に、いいえ、奥方にどんなお咎めがあるんでしょうか」

「市古堂の出方次第だな。恐れながらと訴え出ると、福だけではなく、越塚も厳罰に処せられるだろう。しかし、市古堂は訴え出ないような気がする」

末が徳利三本とぐい呑みを一つ持って来て言った。

「大事な話は終わりましたか。わたしもご一緒させてくださいな――」

五

明け方、安兵衛は香の夢を見た。ふっくらした市松を抱いた市古堂の大旦那と三人で呉服町内を歩き、大旦那が「香が産んだわしの子だ。どうだ、かわいいだろう」と自慢している夢だった。

(お香姐さんに子ができたのだろうか……。いやに生々しい夢だったな)

長屋の井戸の水を汲んで顔を洗いながら、きりりとした眉に大きな耳をした市松の顔を思い起こした
(きょうは十五日(新暦八月十六日)が。市松坊ちゃんが市古堂に戻って六日。痩せていた坊ちゃんも少しふっくらしたろうな)

安兵衛の思いは、市松から香に移った。もう一月も顔を見ていない。無性に香に会いたいと思った。きょう、桜坂に行こうと決めた。

もりよしで朝飯を食い、一本松に行って伊助への挨拶もそこそこに桜坂に向かった。

安兵衛は数日前に聞いた噂を思い出していた。

城下の北にある天和池で身投げ死体が見つかったと言う話だ。

耳にした翌日、伊助に聞くと、越塚増盛の妻の福に間違いないと断言した。市松が市古堂に戻った日の夕方、家に帰った越塚は跡取り息子と福が姿を消したのに驚き、まんじりともせずに二人の帰りを待ったそうだ。次の日も役所を休んで待ち続けた。その次の日に妻が身投げしたと聞いて経緯《いきさつ》を察したようだが、ただおろおろするだけだった、と付け加えた。

安兵衛が市古堂のことも聞くと、身投げの話が城トを駆けめぐった日も普段と変わらない商いをしていた、と教えた。

知らず知らずに急ぎ足になっていた。

香の家の二、三町（約二百二十～三百三十メートル）ほど手前の桜並木に差しかかったとき、いきなり顔を出したように思われないように、さも御用聞きに来たように、声を張り上げた。

「くしー、かんざしは、いかがですかー。おしろい、ほおべには、いかがですかー。あせもに、よく効く天瓜粉も取りそろえておりまするー」

香の家の裏木戸に手をかけたとき、鳩笛の音が聞こえてきた。

ほうほう。ほうほう。

（何だ、市古堂の旦那が来ていたのか……。顔を出す訳にいかないな。きょうもお香姐さんに会えないのか……）

戸を開けようと思っていた手を引っ込め、戻ろうとした。

すると、突然、戸が開いて寅が顔を出した。

「安さん、どうしたんだ。うちに来たんだろう。入りな。奥さんが頼みたい品があるんだって」

「へ、へい」

木戸をくぐった安兵衛が聞いた。

「旦那さん、来ているんだろう」

「いや。孫さんが帰ってから、それを教えにちょっと顔を見せたきり来ていない」

「でも、いま聞こえた鳩笛は旦那が吹いたのでは……」

「ああ、あれか。あれは奥さんだ。孫さんが戻ってから、取り戻してくれた人にお礼の気持ちを込めて吹いているんだそうだ。安さん、誰が取り戻してくれたか、耳にしていないか」

先を歩く寅が振り向いて聞いた。

安兵衛が首を横に振るのを見て言った。

「そうだろうな。おれもどこの誰か知らないが、奥さんは旦那様から聞いて知っているようだ」

勝手に入ると、香が鳩笛を手にして待っていた。

安兵衛の顔を見て笑みを浮かべて何か言った。近くにいた寅に聞こえないように口だけ動かして言った。

安兵衛には何と言ったか、分かった。

「ありがとう。会いたかったよ」——。

刺し子の財布

一

汗を掻いて一膳飯屋『もりよし』に入った安兵衛は、運ばれてきた水をうまそうに一気に飲み干した。

安兵衛の前に飯と味噌汁、煮物と漬物を載せた膳を置いた多恵が聞いた。

「安さん、このごろ汗を掻いてここに来ているけど、毎朝何をしているんだい」

ここは七、八人も座ればいっぱいになる小さな一膳飯屋だ。主の盛吉《もりよし》と女将が切り盛りしている。十二歳のときから働いている多恵は、たった一人の使用人だ。今年十八になった。

「少し体を鍛えようと思って天和池《てんな》に行っているのさ」

天和池は安兵衛の住む八日町の長屋から半里北にある。夜明け前に起きて、小走りで天和池に行って四半刻（三十分）、五尺棒を振って小走りで帰って来るのだ。

通い始めてもう一月《ひとつき》になる。棒を振ってできた豆はつぶれ、固くなってきた。

近ごろ朝飯がうまくなった。天和池通いを始める前は、起きてすぐ、もりよしに行ったためか、あまり食が進まなかった。汗をたっぷり掻いてから箸を取る今では、飯が足りないと感じるようになった。

「天和池に行って何をしてるのさ」

「小走りで行って体を動かして小走りで帰って来るのさ」

「へえ。安さんの商いの役に立っているのかい。ただ腹が減るだけじゃないか」

多恵はあきれた顔をした。

安兵衛は小間物の担ぎ商いを生業《なりわい》としている。化粧道具や日用雑貨をはじめ、さまざまな品を扱っている。それを四つの木箱に分けて入れ、一つに積み重ねて担ぐ。結構な重さだが、背丈が五尺六寸もある安兵衛には苦にならない。

「そう言われると、そうだな」

味噌汁をすすった。少し塩辛かったが、汗を掻いた体にはちょうどいい。

「安さん。わたし、今月いっぱいでここを辞めることになったの」

「それは急な話だな。どうしたんだ」

ここで働き始めたときから多恵を知っている安兵衛は、びっくりして多恵の顔を見た。

「亥之吉さんと言う木町の植木職人に嫁に行くことになったのさ」

「そうかい。それはめでたいな。よかったな」

「めでたくもないさ。おっ母さんがお前も十八にもなったのだから嫁に行け、ってうるさいんだよ」

多恵の母親は、安兵衛と同じ担ぎ屋だ。莨《たばこ》と煙管《きせる》を商っているお敏《とし》姐さんだ。

こう言ったあと、多恵は身をかがめて安兵衛の顔に顔をくっつけるほど近づいてささやいた。

「相手の亥之吉さんは、三十四にもなるおじさんなんだよ」

安兵衛は見ていなかったが、多恵が身震いしたように思えた。

「安さん、そんな男に嫁ぐ前にわたしを女にしておくれよ」

「えっ、何だって」

びっくりした安兵衛が振り向くと、多恵はいたずらっぽく笑って言った。

「いやだ、安さん。顔、真っ赤よ」

「……。何か、お祝いをしなければ、な。何か、ほしい物があるか」

「うーん、そうねえ。財布、財布、財布かな」

「財布？」

「何だか、銭で苦労するような気がするの。だから、少しでも切り詰めたいのさ。切り詰めた銭を入れておく財布がほしい」

「分かった。長屋に刺し子の財布を置いてある。それに銭を失わないようにおまじないをしてから持って来るよ」

「刺し子の財布か。きっと丈夫な財布だね。すまないね。大事に使うよ。でも、持って来なくてもいいよ。安さんの長屋にわたしがもらいに行くから」

安兵衛はまた顔が真っ赤になったのが分かった。

二

一月ほど経った天明八（一七八八）年九月十三日（新暦十月十二日）――。

きょうから三日間、霞露岳《かろだけ》神社の秋祭りが始まる。

安兵衛は祭りに備えて仕入れた品々を四つの木箱に入れて長屋を出た。

霞露岳神社は、霞露藩の北にそびえる霞露岳がもたらす水の恵みがいつまでも続くように願って霞露町開町の年に建てられた。以来、年二回の大祭が行われている。春は豊作を祈り、秋は豊作に感謝――不作であれば翌年の豊作を祈願――する。

連日、神輿が城下を練り歩き、夜には神楽が奉納される。城下の町民はもとより近郷近在から多くの参拝客が集まる。霞露岳の恵みに感謝し、この恵みが長く続くように祈るのだった。

境内や参道沿いに参拝客目当てのさまざまな店が立ち並ぶ。霞露岳の中腹の夕時雨村の百姓は竹細工を、麓の御山《ござん》村の百姓は御山塗りを並べている。城下の南にある大畑村や芋田村からは野菜が持ちこまれる。大きな市が立ったような光景だ。

今年は平年通りの作柄がまず間違いないと見られ、百姓たちは豊作の年のように浮き立っている。ここ数年、不作が続いていたからだ。

棒手振りや担ぎ屋たちの小店も並んでいる。子どもが好きな飴や白玉、玩具を売っている男たちは、声を張り上げて客寄せに懸命だ。その声も弾んでいる。

太鼓と笛、手平鉦《てびらかね》の音が響いてきた。神楽の奉納が始まったようだ。神の降臨を願う『神降ろし』に始まり、福を呼ぶ『庭舞』や鶏兜を被って舞う『鶏舞』などと続くのだ。

日中は少し暑かったが、神楽の奉納が始まった夕方から涼しくなってきた。参拝客が増え、どの店もにぎわい始めた。

安兵衛は、白玉や砂糖水を売っている水売りの五助の隣に小店を開き、櫛や髪挿《かんざし》、紅や紅筆、白粉《おしろい》や白粉刷毛《はけ》を並べていた。

「その櫛を見せておくれ」

安兵衛が、へい、と答えて顔を上げると、多恵が立っていた。ねっとりとした目で安兵衛を見ている。

「ご新造のお多恵さんではありませんか。旦那にかわいがってもらってますか」

「何を言っているの。その櫛を見せておくれ」

「いい黄楊《つげ》の櫛ですよ。嫁に行って目が高くなったようですね」

思いのほか豊かな多恵の胸を思い起こしながら教えた。

「いくらだい」

「少しですが、おまけしますよ」

安兵衛は値を教えた。

「すまないねえ」

財布を取り出そうとして帯の下や袖の中を探したが、出てこない。

「あら、財布がない。どこかで落としたようだ」

うろたえた多恵がもう一度帯の下をさぐっている。

「見つかりませんか。それは困りましたねえ」

「たいして入っていないから困りはしないけど、大事な人からもらった財布だから……」

安兵衛は、多恵が財布をもらいに来た夜のことを思い出した。

「お多恵さん、たいして入っていないといっても、銭がないと困るでしょう。いくらか貸しますか」

「いらないわ。安さんの顔を見て櫛の一本でも買って帰ろうかと思って出て来たのだから、銭はいいわ。……その櫛、気に入ったから取っておいてくれないかい。後でお代を持って来るから」

「その櫛、持って行っていいですよ。お代はいつでもいいですよ。」

「すまないねえ。ほんとうは安さんに聞いてほしい話があるんだ。祭りが終わった次の日にでも会えないかい」

(旦那とうまく行っていないのか)

「いいですよ。朝にもりよしでどうですか」

安兵衛が多恵の顔を見ると、多恵はかすかに首を横に振ったように見えた。

(他人《ひと》の嫁さんと二人きりで長屋で会う訳にはいかないいな)

そこに姉妹と思われる娘が二人来た。

「ねえちゃん、この髪挿、きれいよ」

「ほんとだ。ほしいね」

「ねえ、お父っちゃん。この髪挿、買ってよ」

横に押された格好になった多恵は、苦笑いしながら言った。

「分かった。朝、もりよし、ね」

「財布、自身番に届いているかもしれないから届けた方がいいぜ」

「そうね。明日にでも木町の自身番に届けに行くよ」

「お多恵さん、これ持って行きな」

安兵衛は四文銭（百円）を一枚、多恵に渡した。

「お賽銭だよ。ただでは神様も頼まれにくいだろう」

「悪いね。いっぱい頼んで来るよ」

「この先でおっ母さんが茛を売っているぜ」

人混みの中から、分かっているよ、と言う多恵の声が返ってきた
姉妹は藤の花房がついた小さな髪挿を買ってもらうと、うれしそうに社殿に向かった。

少し客が途切れたのを潮に冷たい水に白玉を入れて売っている五助が声をかけた。

「安。いまの新造、もりよしにいたお多恵坊かい」

「へい。お多恵ちゃんですよ」

「ずいぶんと艶っぽくなったな」

「この間、木町の植木職人の亥之吉さんと言う人の嫁に行きました」

「そうかい。木町の亥之吉に、ねえ……。あれには情婦《いろ》がいるはずだ」

「えっ」

「円《えん》と言う年上の情婦だ。悋気《りんき》が強いと言う噂だ。お多恵坊の話って言うのも、そんなところじゃないか」

「そうですかねえ」

「十中八、九、そうさ。お多恵坊は離縁してもらって安と一緒になるのが一番いいんだがな」

「何を言うんですか」

安兵衛は、それも悪くはないな、と思いながらも、だめだ、とすぐに打ち消した。桜坂に住む香《こう》と言う名の囲い者に心を寄せているからだ。

安兵衛との話が聞こえていたのか、五助が言った。

「俺か油売りの伊助さんが一緒に話を聞いてやってもいいんだぜ」

「そうしてもらうと心強いけど、お多恵ちゃんが話にくいのでは……」

「何、離れていりゃいいさ」

「いや、お多恵ちゃんに話してから一緒に聞いてもらいますよ」

安兵衛と五助に、同時に客が来て話が途切れた。

「兄さん、その紅筆、見せておくれ」

「白玉を二つ。砂糖も入れて――」

三

霞露岳神社の秋祭りが終わった翌日、安兵衛は天和池に行った。

天和池のほとりでは、油売りの伊助が一人息子の伊之助に棒術を教えていた。少し離れたところで水売りの五助が木刀の小太刀を振っている。

安兵衛が天和池に来て五尺棒を振るうようになったのは、伊助に誘われたからだ。

安兵衛の父親の安吉は、二歳年下の伊助と兄弟付き合いをしていた。だから、安兵衛は幼いころから「伊助おじさん」「伊助おじ」と呼んで育ち、五年前に安吉が病で死んでからは「親父さん」と呼ぶようになった。

安吉が死んだとき、安兵衛は十五だった。生きていれば四十三になるから伊助は四十一だ。その伊助に「棒でも振って体を鍛えたらどうだ。今からでも遅くはないぜ」と勧められ、一も二もなく天和池通いを始めたのだ。

天和池に通い始めた訳は、もう一つあった。伊助が使っている六尺棒が気になっていたからだ。この天秤棒はやたらと重い。伊助の話では、木は南蛮渡来の鉄木《てつぼく》だそうだ。伊助は重い天秤棒の両端に油桶を下げ、息を切らさずに運んでいる。安兵衛は何度か天秤棒を借りて持ったことがあるが、確かに鉄の棒のように重い。油桶を下げてみたが、腰が据わらず十歩も歩くことができなかった。

へい、習います、と答えたのは、伊助が顔色一つ変えずに油を運べる訳を知りたかったからだ。きょうも伊助は、鉄木を難なく操って棒術の稽古をしている。まるで舞いを舞うような所作だ。ときおり十一歳の伊之助に伊助の叱責が飛ぶ。安兵衛にも、だ。

棒手振りの伊助や五助に棒術や剣術はいらないと思うのだが、二人の真剣な稽古ぶりを見ていると、何か密かな御用に就いているような気がした。

稽古が終わるころ、ぽつりぽつりと雨が落ちてきた。稽古を切り上げた四人は、それぞれ小走りで長屋に戻ったが、だんだん雨と風が強くなり、安兵衛が長屋に着いたときはぐしょ濡れだった。

「野分か――」

すっかり濡れた着物と下帯を替えて外を見ると、横殴りの雨が吹きつけていた。

この天気では商いにならない。多恵との約束がなければ、空腹を我慢して布団にもぐりこんでいるところだ。

しかし、行かない訳にはいかない。安兵衛は腹を決めた。長屋の軒先で傘を半開きにして上半身を守って駆け出した。

もりよしに着くと、主の盛吉が乾いた手拭いを渡して言った。

「ひどい野分だな。こんな日はお互いに商いにならないな」

「まったくでさ。きょう、ここでお多恵ちゃんと会う約束をしているんだけど、来るかな」

「多恵は約束を守る娘《こ》だから、必ず来るさ」

安兵衛が飯を食い終わったころ、すっかり濡れた多恵が入って来た。

「ひどい天気だねえ。女将さん、ちょっと部屋を貸して。持って来た着物に着替えるから」

肩から濡れた風呂敷を下ろし、油紙に包んだ着物を持って奥の部屋に行った。

間もなく戻って来た多恵がぼやいた。

「こんなに降るとは思わなかったよ。これじゃ、濡れた着物もなかなか乾かないよ。ねえ、安さん」

多恵と入れ替わりに盛吉が奥に行った。

「まったくだ。濡れた着物を長屋に下げてきたけど、乾きそうがない」

「けさも天和池に行って来たのかい」

「うん。帰ろうとしたときに降り始め、長屋に着いたときは濡れ鼠さ。替わりの着物を持っていないから乾かないと困るんだ」

多恵が安兵衛にささやいた。

「干した着物が乾くまで二人で布団に入っていようよ」

「何だって」

安兵衛がびっくりした声を上げたとき、飯を持って来た盛吉が多恵の前に置いた。

「お多恵、朝飯、まだなんだろう」

「旦那さん、すみません。いただきます」

多恵が箸を取ったところに五助が入って来た。

「ひどい雨だねえ。長屋を出るのも大変だったよ。だが、雲の動きが速いから夕方には風雨が弱まるんじゃないか」

「さすが、物知りの五助さん。当てにしてるよ」

「おう、お多恵坊。当てにしていいぜ。ところで自身番に届けたかい」

多恵が落とした財布のことだ。

「うん。落とした次の日、十四日に木町の自身番に届けた。お祭りのときはいろんな落とし物やら拾い物があるんだって。財布が届けられるのは五分五分らしい。たいして入っていないから惜しくはないけど。財布が惜しいんだ」

盛吉が五助の前に飯を置いた。

「おお、うまそうだな。お多恵坊、よほど曰《いわ》く因縁がある財布のようだな」

五助は箸を取り、多恵を見た後、安兵衛を見た。

安兵衛は素知らぬふりをしたが、内心、顔が赤くなっていなければいいのだが……と思った。

「そうなの。大事な人からもらった大事な財布なの」

「そうかい。どんな財布だい」

「藍染に刺し子がしてあるの。きれいな財布だよ」

盛吉が五助と安兵衛に白湯を出しながら同情した。

「それじゃ、惜しい訳だな」

飯を食い始めた五助が聞いた。

「お多恵坊。旦那の亥之吉さんは元気か」

「さあ、どうだか……。仕事に行くと言って出て行くと、何日も帰ってこないの。亥之吉さんの嫁に行ったと言うよりも亥之吉さんの両親《ふたおや》の世話をするために嫁いだようなものさ。三度三度のおまんまの世話やら洗濯やら……」

「それは大変だねえ」

気の毒そうに相槌を打ったのは女将だった。

「亥之吉さんが帰って来なくて銭がなくなって飯を作れないと、多恵、何でもいいから稼いで来い、と言われるありさまだよ」

五助が口を挟んだ。

「銭がなくなったら、亥之吉の親父が稼ぎに出りゃいいんだよ」

「お舅さん、昔は腕のいい植木職人だったんだって。それが何年か前に気の緩みから梯子から落ちて右の太腿の骨を折ってしまってねえ。骨の接ぎ方が悪かったのか、歩くのにも苦労しているありさま。両手は利くんだけど、座って鍬を使える仕事はほとんどないからねえ」

「銭を稼いで来るのは、亥之吉、一人か。その亥之吉が銭を入れないと、飯の食い上げだな」

五助が多恵を気遣った。

安兵衛も思いは同じだった。

「それなら、お多恵。うちに毎日おいでよ。あんたが嫁に行った後、代わりが見つからなくて困っているんだよ。ねえ、お前さん、いいでしょう」

「俺は構わないぜ。いや、願ったりかなったりだ」

「これで決まりだね。向こうの親御さんに話して明日から来ておくれ」

「わたしが銭を稼いで来るなら、いや、とは言わないよ。旦那さん、女将さん、明日からまたお世話になります」

多恵が生き生きした顔を見せて神妙に頭を下げた。

四

翌朝、天和池から戻った安兵衛がもりよしに行ったが、多恵の姿はなかった。

「あれ、お多恵ちゃんは」

「まだ来ないよ。向こうの親御さんに反対されたんじゃないか」

女将が不愉快そうに言った。

朝飯を食い終わった安兵衛は、商う品々を入れた木箱を担いで椿橋のたもとに立つ一本松に行った。霞露川に架かる椿橋は、城下のほぼ真ん中にある。往来の要とあって毎朝、棒手振りや担ぎ屋の商人が集まって来る。それぞれが拾って来た話の種を交換しあってから四方に散るのだ。

安兵衛は泊りがけの遠出でもしていない限り必ず顔を出している。父親が病で死んだ後、独り立ちしたが、まだ五年しか経っていない。ここで学ぶことが多いからだ。

一刻（二時間）ほど前まで天和池に一緒にいた油売りの伊助がやって来た。五助と白髪の男と一緒だった。

（あの男は、確か、岡っ引きの……）

「仙蔵親分、これが小間物の担ぎ商いをしている安兵衛です」

仙蔵と呼ばれた男は腰に十手を挟んでいる。仙蔵の後ろには、大きな顔をした下っ引きの常吉が立っている。

「安、目明かしの仙蔵親分だ。お前に聞きたいことがあるそうだ。しっかりと答えな」

「へ、へい……。いったい何があったんで――」

伊助が教えた。

「お多恵の亭主の亥之吉が殺されたそうだ」

「えっ」

「きのうの夕方、中原町の空き地に男が倒れているのが見つかった。着ていた半纏《はんてん》から木町の植木職人の亥之吉と分かったんだ」

仙蔵がつけ加えた。

中原町は、霞露岳神社のある千代町から亥之吉の住む木町に行く途中にある。農家が多く、野分が去った夕方に田んぼのようすを見に行った百姓が亥之吉の死体を見つけて自身番に届け出たと言うのだ。

「それで下手人は――」

仙蔵が安兵衛の言葉をさえぎって聞いた。

「安兵衛。お前は財布も商っているか」

「へい」

「どんな財布だ」

「いろいろありますが、主に丈夫な刺し子の財布を……」

「亥之吉の女房の多恵に売ったことはあるか」

「売ったことはありません」

(お多恵ちゃんがどうかしたんだろうか)

心配する安兵衛に仙蔵が畳みかける。

「本当か。嘘偽りを言うと、身のためにならねえぞ」

「へい。売ったことはありませんが、嫁に行くと聞いてお祝いに上げました」

「ほう、くれてやったのか」

安兵衛はうなずいた。

「どんな財布だ」

「藍染の財布で、さ」

「柄は」

「亀甲紋で、さ」

仙蔵は、にんまりと笑い、一人納得したように何度もうなずいた。

「安兵衛、間違いないな」

「へい。間違いありません」

「やはり、亥之吉を殺《や》ったのは多恵だな」

「まさか――」

「安兵衛。ここだけの話だが、亥之吉の死体のそばに財布が落ちていたんだ。その財布は藍染、亀甲紋の刺し子だった。多恵が亥之吉を殺した後、何かの弾みに落としたに違いあるめえ。慌てていて落としたのに気づかなかったのさ」

「親分さん。お多恵ちゃん、秋祭りの初日に、財布を落とした、と言ってました。だから、違うんじゃないですか」

「違うって、何が」

安兵衛は急いで言い足した。

「財布が違うと思いますし……。つまり、お多恵ちゃんは下手人ではない、と……」

「安兵衛。お前、多恵に騙されたんだ。お前、多恵が財布を落とすところを見たとでも言うのか」

安兵衛は首を横に振った。

「そうだろう。多恵は財布を落としていなかったのさ。しかし、お前には財布を落とした、と教えた。嘘をついたんだよ。下手人とされたとき、財布を落としたから下手人ではないし、安兵衛と言う小間物屋の証人がいるよ、と言い逃れようとしたのさ。俺が初めに目星をつけた通り、多恵が下手人だったのさ」

得意げに笑い、安兵衛をにらみつけた仙蔵は、急ぎ足で戻って行った。


残された三人は押し黙ってしまった。

仙蔵の姿を見て集まって来た棒手振りたちも成り行きを見守っている。

五助が口を開いた。

「仙蔵親分の張り切りようを見ると、かなり厳しい取り調べになるな」

「うむ……。安。亀甲紋の刺し子の財布は多くあるものか」

「いや、少ないですよ。他人が持っているのと同じ柄を欲しがる客は、まずいません。だから、いろいろな柄をそろえています」

「そうだろうな。安、お前は刺し子の財布はどこから仕入れたんだ」

「肴町の『合切屋』で……」

「五助。後で『合切屋』に当たってくれ。亀甲紋の刺し子の財布を扱っているか、近ごろ誰かに売ったたか、を聞いてくれ」

「あっ、思い出した」

安兵衛が大きな声を上げた。

「どうした」

「親父さん、五助さん。お多恵ちゃんに財布を上げる前に、おまじないをしたんです。それを確かめれば、落ちていた財布がお多恵ちゃんの財布かどうか分かります」

「まじないだと――。どんなまじないだ」

安兵衛は、目を細くして作ったまじないのことを話した。

「分かった。五助。安と一緒にご城下の自身番を当たれ。まじないをかけた財布が見つかるまで全部当たれ」

「へい」

「おれは仙蔵と会って財布にまじないがあるかどうかを確かめて来る。夕方、ここで会おう」

三人が散ると、耳をそばだてていた棒手振りや担ぎ屋も腰を上げた。

安兵衛と五助は、まず木町の自身番に行った。多恵が十四日に木町の自身番に届け出た、と言っていたからだ。

確かに届けは出ていたが、財布は届いていなかった。

「お多恵坊が木町の長屋を出て真っ直ぐ霞露岳神社に行ったとすれば、次は六日町か」

二人は、多恵が通ったと思われる道筋に沿って六日町、八日町、十三日町、中原町の自身番を訪ね歩いたが、どこにも届いていなかった。

(財布を拾った者がくすねたのか。いやいや、お多恵ちゃんが落としたのは千代町かもしれない。拾った人が届けるか、届けないかは五分五分と言っていたな。届ける方に祈るしかないか)

「残るは千代町か」

千代町に向かう途中、五助が言った。

「安、言伝てを忘れていた。桜坂のお妾さんが、白粉がなくなりそうだから持って来ておくれ、だってよ」

香のことだ。呉服町の古着屋『市古堂』の大旦那に囲われている。安兵衛の五つ年上だ。

「分かりました。二、三日中に顔を出してみます」

千代町の自身番に着き、交代で務めている番人に聞いた。

「ああ、届いているよ」

番人が奥から藍染の財布を持って来た。刺し子の模様は、六角形の中に少し小さな六角形を縫い込んだ二重の亀甲紋だった。安兵衛は胸をなで下ろした。祈りが通じたと思った。

「これですよ。五助さん、中を確かめてください」

五助は番人の許しを得て手に取った財布をひっくり返すように中を出した。『タヘ』と赤い糸で縫いつけているのが見えた。

「安、これがおまじないか」

「へい。あっしが縫ったおまじないでさ」

「へたくそな字だな」

「針を持つことがないから……」

安兵衛は、むっとして答えた。

「まあ、怒るなって。番人さん、後で岡っ引きがこの財布を引き取りに来るけど、それまで大事に取って置いてくれないか」

番人の返事を聞いて二人は自身番を出た。

五

夕方、安兵衛がもりよしに行くと、主の盛吉と女将が心配そうに聞いてきた。

「お多恵が捕まったと言う話だけど、本当に亥之吉を殺したのかねえ」

「お多恵ちゃんが手をかける訳はないですよ」

「そうだよねえ」

間もなく、伊助と五助が入って来た。

「入り口で五助と一緒になったところだ。盛吉さん、酒をくれ。冷やでいい」

酒を一口飲んだ伊助が口を開いた。

「亥之吉の死体のそばに落ちていた財布には、安がつけたおまじないはなかった。そっちは、どうだった」

五助に水を向けた。

「千代町の自身番に財布が届いていましてね。それには赤い糸で『タヘ』と縫いつけてありましたぜ」

「ほう。おまじないがついていたのか。お多恵の言葉は嘘ではなかったのだな」

安兵衛が身を乗り出して伊助に聞いた。

「親父さん。まじないをしてある財布の亀甲紋ですが……」

「うむ、どうした」

「千代町の自身番に届いていたのは、あっしがお多恵ちゃんに上げた財布でした。財布の柄の亀甲紋が二重になっているんです。死体のそばに落ちていた財布の柄は二重でしたか」

「いや。二重ではない。一重と言うか、一本線の亀甲紋だ」

「やはり。仙蔵親分は亀甲紋と言うだけで早とちりしたんだ」

「まったくだ。で、五助。合切屋はどうだった」

「使用人に聞いたら、半月ほど前に中年の女に売ったそうで。安が念を入れて柄を尋ねたら、一本線の亀甲紋と言う答えが返ってきました」

「その中年女の人相は」

「うまく言えないけど、見れば分かる、って言ってました」

「うむ、分かった。明日にでも仙蔵と会って面通しさせるよう言って来る」

伊助は、くいっ、と酒を飲んでから言った。

「情婦《いろ》の円だな」

五助と安兵衛が同時にうなずいた。

(やはり、お多恵ちゃんは殺していなかったんだ。それにしても油売りの親父さんは何者なんだ。仙蔵と呼び捨てにし、面通しさせると命じようとしている)

六

安兵衛には伊助がどんな手を使ったのか思いもつかなかったが、もりよしで飲んだ翌日には多恵が解き放たれた。入れ代わりのように円が捕らえられた。

その数日後、多恵がもりよしに顔を出した。ちょうど安兵衛が朝飯を食っているときだった。

「旦那さん、女将さん、いろいろと心配をかけました。亥之吉さんの弔いも終わり、一つ区切りがつきました。きょうからまた働かせてくださいな」

多恵が深々と頭を下げた。

女将は相好を崩し、弾んだ声で言った。

「疑いが晴れてよかった。お多恵が来るのを待っていたよ」

客が引け、飯を食い終わった安兵衛も商いに出ようと腰を浮かせたとき、女将が多恵に聞いた。

「で、お多恵。いつ、ここに戻って来るんだい」

「女将さん、ここには住まないわ。弔いが終わった日、亥之吉さんの親御さんに、頼めた義理や筋合いはないけど、ここに残ってくれまいか、と拝み倒されてね。亥之吉さんが死んだのだから家を出るつもりだったけど、考え直したの。ほんとに短い間だけだったけど、名ばかりだけだったけど、亥之吉さんの嫁になったんだ。義理とはいえ、両親《ふたおや》だから世話をすることにしたよ。そのうちに腕のいい植木職人を見つけて婿に迎えるつもりよ」

「そうかい。ここには戻ってこないのか……。お多恵が嫁に行ってから少し寂しくなったからね。でも、またここで働いてくれると、明るくなるからね」

多恵と女将のやりとりを背中で聞きながら、安兵衛はもりよしを出た。

後ろから、ぱたぱた、と走る音が聞こえてきた。振り返ると、多恵だった。

「安さん。今晩、泊りに行くから心張棒、外しておいてね」

安兵衛が目を丸くしていると、多恵が心配するなと言うようにつけ加えた。

「親御さんには、実家に泊りに行って来るから、と言ってあるの」

それだけ言うと、多恵は、ぱたぱた、と走って戻った。


それから何日もしないうちに円が処刑されたと言う噂が広まった。

安兵衛には確かめようがなかったが、霞露川の川原の刑場で見たと言う得意客の話を聞くと、どうやら本当のようだ。

朝、一本松の下で会った伊助に聞くと、油売りはこう答えた。

「本当だ。安、今晩、もりよしで飲むか。お円が亥之吉を殺めた訳を教えてやる」

その晩、安兵衛は伊助と向かい合って酒を飲んでいた。多恵は売り物の煮物をもらって帰り、客は安兵衛と伊助の二人だけだった。盛吉も話を聞こうとしてぐい呑みに酒を注いでそばに座った。煮物を二人の前に置いた女将も、ぐい呑みと徳利を用意して亭主の隣に陣取った。女将はいける口のようだ。

「岡っ引きの仙蔵の話では、お円は捕まった後、素直に白状したそうだ。仙蔵の話を聞くまでは、お円は色事が好きで悋気が強い女と思っていたが、まったく違った。それどころか、お円に同情したくなるような話だったぜ」

こう前置きして伊助は、仙蔵から聞いた話を始めた。

――霞露岳神社の秋祭りの帰り道、円は亥之吉に別れ話を切り出された。長年、あれほど尽くしたのに若い嫁をもらったとたんに古草鞋を捨てるような言い草に腹が立った。

いまさら嫁に行ける年でもない。三十五も過ぎて独りで暮らすことを思ったら、無性に寂しくなった。この先に待っているのは、独り寂しい暮らしだけと考えたら、今度は急に亥之吉が憎らしくなった。周りを見たら、誰もいない。いましかないと思って、帯の下の細紐を解《ほど》いた。ほろ酔い加減で前を歩いていた亥之吉の首を細紐で締めて殺した。酔っていた亥之吉は、さして抗《あらが》いもしなかった。

息が絶えたのを確かめ、刺し子の財布を投げ捨てた。亥之吉の嫁が刺し子の財布を持っているのを知っていたのさ。亥之吉から「嫁が亀甲柄の藍染の財布をすごく大事にしている」と何回も聞かされていたからだ。

この話を聞いたとき、もしも亥之吉との間に何かあったら、亀甲紋の財布を落としておくと、嫁に疑いがかかる、と考えて肴町の合切屋で買って用意しておいたそうだ――。

「亥之吉に捨てられ、独りで暮らす寂しさを考えたら、思わず手をかけていた、と泣きながら白状したそうだ」

「親父さん。お多恵ちゃんは財布を落としたから亥之吉さん殺しを疑われたんだけど、もしも財布を落としていなかったら、どうなったんで」

「仙蔵は、多恵に疑いがかかってもすぐに解き放たれただろう、と言っていた。ただお円は、たまたまってあるんだねえ、と一人うなずいて、こう言ったそうだ」

――合切屋で買った財布をあの人のそばに投げ捨てたのは、一刻でも嫁に疑いがかかればいい、と思っただけ。あの人が嫁の亀甲柄の財布の話をするたびにのろけ話を聞かされているように感じ、腹立たしくなったから困らせようと思ったのさ。嫁がたまたま財布を落としたお蔭で一刻どころか一日、亭主殺しの疑いで親分の厳しいお調べを受けたんだから、少し気がせいせいした。たまたま、ってあるんだねえ――。

伊助の話を聞いて安兵衛の気が重くなった。盛吉も女将もため息をついている。少しの間、誰も口をきかなかった。伊助が酒を飲む音が、ぐびっ、と大きく響いた。

行灯の油が切れかかっているのか、店の中が少し暗くなった。

「あら、油を足さなきゃ」

油を足した女将が前掛けで手を拭きながら、伊助に言った。

「伊助さん、明日、油を持って来ておくれ」

伊助がうなずくと、女将は今度は手拭いで涙を拭っている。

「わたし、お円さんの気持ち、よく分かる。お円さんの寂しさがよく分かるよ。お円さんに比べたら、わたしゃ、運がよかったねえ。甲斐性はないけど亭主はいるし、出来は悪いけど子どももいる。よく喧嘩するけど寂しくはないからね」

そう言って女将は、お円に同情して涙を流し、くいくい、と酒を飲んでいる。そんな女房を見るのは初めてなのか、ぐい呑みを持つ盛吉の手が止まり、目を丸くしている。

「それにしてもお多恵は、偉いね。形ばかり嫁に行った格好の亥之吉さんの親の世話をすると言うんだからね」

女将の呂律があやしくなってきた。

「安さん、それでいいのかい」

「えっ、何の話で――」

「わたしゃ、ねえ。安さんとお多恵が一緒になるもんだと思っていたのさ」

「…………」

「女将さん。こればかりは縁だからねえ」

伊助が助け船を出した。

円が亥之吉を殺めた訳を知り、女将が円に同情する声に耳を傾けながら、安兵衛はふと香のことを考えた。

（お香姐さん、どうしているだろう。旦那の来ない夜はお円さんと同じ思いをしているのか……。白粉がなくなりそうだ、と五助さんが言っていたな。明日、顔を出してみよう）

秋の夜が更けていった――。

七

安兵衛は桜坂に向かった。

途中で見た田んぼでは稲刈りが始まっていた。稲刈りが始まると、農家の多い近郷近在では商いにならない。終わるまで家には誰もいないからだ。

香の家に着いた安兵衛は、勝手口から入って声をかけた。

「安さんかい」

香が小走りで出て来た。

「水売りの五助さんから言伝てを聞かなかったのかい」

「聞いていましたが、いろいろあって遅くなりました」

「まあ、お入り。お寅さんは今朝、芋田村に帰ったところだよ」

寅は、市古堂の大旦那に頼まれて香の身の回りの世話をしている。芋田村に息子一家が住み、田植えと稲刈りのときに四、五日帰るのが常だった。孫の世話をするためだ。

香は盥《たらい》に水を入れて持って来た。

「足、洗ってやるよ」

「自分で洗う」

安兵衛は自分で足を洗い、台所に上がった。

「それじゃ、体を拭いてあげる。汗、掻いているだろう。ほら、着物、脱いで」

香は新しい水で手拭いを濯いで拭き始めた。

「あれっ、安さん。ずいぶんと肉が引き締まったね」

安兵衛は毎朝、天和池に行っていることを教えた。

「へえ、体を鍛えているんだ。どれ、ちゃんとお見せよ」

香は安兵衛の固く引き締まった胸に頬ずりした。


帯を締めながら香が聞いた。

「木町の植木職人が殺されたって言う噂を聞いたけど、下手人の円と言う女は、ひどい女だねえ」

安兵衛は伊助から聞いた話をかいつまんで教えた。

「そうだったのかい……。独り身になる寂しさ、ねえ……。お円さんの気持ち、よく分かる。旦那様は来ないし、お寅さんが芋田に帰ったままの独りの夜は、寂しくて堪らないよ。野良犬の遠吠えが聞こえたり、寒風がびゅうびゅう吹き荒れたりする夜は、寂しさと怖さが入り混じって眠れない。朝が来ると、ほっと安心するんだよ」

香は声を詰まらせて打ち明けた。

「お香姐さん、この先、どうするつもりだい」

「どうするって」

「縁起ではないと叱られるかもしれないが、市古堂の大旦那さんだって、いつまで元気でいられるのか」

「そうねえ。確かに、このごろ少し耄碌《もうろく》してきたわねえ」

「…………」

「そのとき、考えるしかないわ……。でも、今晩は安さんがいるから寂しくない」

「夕方、また来るよ。お得意さんに届ける品があるし、商いもして来るよ。そうしないと、飯を食えなくなるから……」

「すぐ出かけるのかい」

「うむ」

「じゃ、わたしも途中まで一緒に行く。お酒を買って来るの。秋の夜は長いからね」

香はうれしそうに笑った。

外に出ると、田んぼのあぜ道に咲いていた彼岸花が目に入ってきた。

香が足を止めて嘆いた。

「あら、彼岸花がすっかりしおれて、かさかさになっている。花の盛りが過ぎ、まるでわたしみたい……」

「お香姐さん。花はしおれて終わりじゃありませんぜ。しおれても来年、また咲きますよ。それに姐さんはまだしおれる年じゃないよ」

「……わたし、今度、旦那様が来たときに頼んでみるわ。旦那様をお見送りしたら、一緒に暮らしたい人がいるけど、いいかしらって」

言えるはずがない、言うはずがない、と思いながら安兵衛は黙ってうなずいた――。

サイカチ心中

一

「天和池《てんないけ》の近くで心中があったらしいな」

「本当か。で、どんな女と男だ」

小間物屋の安兵衛が一膳飯屋『もりよし』で朝飯を食っていると、こんなやり取りが背中から聞こえてきた。

（心中だって――）

箸が止まった。口さがない得意客に聞かせるには格好の話の種と思って聞き耳を立てたが、聞こえてきたのは漬物を噛む音と味噌汁を飲み込む音だけだった。

どうやら心中があったことは知っているが、後は何も知らないようだ。

（一本松に行けば、詳しく分かるかもしれない。地獄耳の親父さんに聞けば、教えてくれるはずだ）

飯を食い終わった安兵衛は、四段重ねの木箱を担いで一本松に行った。

一本松は椿橋のたもとに立っている大きな赤松だ。松の向こうには、なだらかな山容の霞《か》露岳《ろだけ》が見える。霞露岳を源流とする霞露川は、奥州霞露藩一万石の城下を北から南に流れている。

誰が決めた訳ではないが、ここには毎朝、振り売りや担ぎ売りが集まって来る。霞露川に架かる椿橋が城下の真ん中にあり、みんな集まりやすいのだ。

顔を合わせては、仕入れた話を交わしている。安兵衛は泊まりがけの商いに出ていない限り必ず顔を見せた。小間物をほしがっている客を教えてもらえるからだ。

青物売りや納豆売り、豆腐売り、川魚売りらは、朝の一仕事を終えて、のんびりと莨《たばこ》をのんでいる。

安兵衛や莨売りの敏、鋳掛屋の治助、針売りの松蔵、笊《ざる》売りらは、これから仕事に出るのだ。

朝から馬鹿話をし、みんなを笑わせているのは水売りの五助だ。

安兵衛は油売りの伊助を見ると、五尺六寸の大きな体をかがめて朝の挨拶をした。

「さっき、もりよしで朝飯を食っていたら、心中があったらしいと小耳に挟んだんですが、本当ですか」

「本当だ」

少し間を置いてから伊助が聞いた。

「安。塗り物売りの信平《しんぺい》と親しかったな」

「へい。信平さんがどうかしましたか。そういえば、ここ三、四日、姿を見ていませんね」

「心中の片割れは信平だったのさ。きのう、見つかった」

「なんですって――」

「きのうの昼過ぎ、岡っ引きの仙蔵親分が飛んで来て、心中している男女が見つかったと教えた後、男は担ぎ屋のようだが、見てくれないか、と言うんだ。見つかった天和池の西の林の中に行って見ると、男は信平だったのさ。相手の女は、若いいい女だが、見たこともない。素性が分からなくて困っているのさ。安、信平から何か、女の話を聞いたことがないか」

天和池は一本松の半里北にある。土手には桜と紅葉が植えられ、春は花見、秋は紅葉狩りを楽しむ人々でにぎわう。

「そう言えば、十日ほど前に、惚れた女ができたが、厄介なことに旦那持ちでなあ、と言ってました」

「どこの、誰とは言わなかったのか」

「水を向けましたが、相手に迷惑がかかるから、と言って口を閉ざしました。信平さんの気持ちが分かるもんで、それ以上は聞かなかったんで……」

安兵衛にも惚れている女がいる。桜坂に住む香《こう》と言う。古着屋『市古堂』の大旦那の囲い者だ。信平と同じだった。

「そうか。桜坂の姐さんのことを考えたのか」

安兵衛は、黙ってうなずいた。

「信平さんは、どんな死に方だったんで」

「うむ。信平は首を吊っていた。女は信平に絞め殺されたようで、信平の近くに倒れていた。二人の懐にはサイカチが入っていた。サイカチにどんな意味があるのか、分からないがなあ」

「サイカチですか……」

「うむ」

「信平さんの家に知らせは行ったんですか」

「きのう、下っ引きの常吉が御山《ござん》に知らせに走ったはずだ」

御山は、霞露町の三里ほど北にある村だ。霞露岳の南麓にあり、古刹と温泉で知られる。ゆとりのある百姓たちは稲刈りが終わると、古刹の御山寺への参拝と湯治にやって来る。

この村は良質の漆が採れ、塗り物作りが盛んだ。参拝客や湯治客に土産として売るのだ。何度も漆を塗り重ねた御山塗りは、光沢がよくて丈夫だと評判になり、椀や箸、盆、鉢などがよく売れた。だが、壊れにくいため買い替える者は少なく、近ごろは売り上げが落ちている。

だから二、三十年前には十数軒もあった塗り物屋が近ごろは三、四軒に減った。塗師《ぬし》も少なくなった。

信平はそんな塗師の三男、と安兵衛は聞いていた。

信平と知り合った当初に安兵衛が聞いた話では、長男が塗師の跡取り、二男が分家になると決めたそうだ。しかし、三男も分家にすると、共倒れになる恐れがあり、信平は担ぎ屋となった。塗師の仕事が好きだったが、やむを得ず兄たちが作った塗り物を城下で売っているのさ、とぼやいていた。

そんな話を伊助にすると、年を聞かれた。

「あっしより五歳年上の二十五です」

すっと答えることができたのは、香と同い年と覚えていたからだ。

「二十五か。嫁がいて子どもが二、三人いてもおかしくない年だな」

「へい。でも、嫁に来てくれる女がいても食わせることができない、と愚痴を言ってました」

「惚れた女が誰だったのか――。そいつが分からないと、心中の訳が分からずじまいになるな」

「針売りの松蔵さんなら信平さんから何か聞いているかもしれません」

「そういえば、松蔵も御山の出だったな」

伊助は大声で松蔵を呼んだ。すると、水売りの五助が叫び返した。

「松蔵なら、もう出かけたぜ」

五助がそばに来て教えた。

「鋳掛屋の治助が、千代町に針をほしがっている農家がある、と教えると、そいつはありがたい、と言って飛んで行ったのさ」

「親父さん。松蔵さんに何か知っていることがないか、聞いて来ます」

「おう、頼む」

安兵衛は、さまざまな小間物が入った木箱を担いで立ち上がった。

二

安兵衛は背丈が五尺六寸もある大柄な男だ。松蔵は五尺もない。背丈が違えば歩幅も違う。

だから、すぐに追いつくと思っていたが、よほどの急ぎ足だったのか、松蔵の後ろ姿を見たのは千代町に入ってからだった。

十間ほどになり、声をかけようとしたとき、松蔵は農家に入って行った。

商いの邪魔をする訳に行かず、安兵衛は道端に腰を下ろして松蔵が出て来るのを待った。

日が高くなるにつれ、じりじりと暑くなってきた。

(きょうも暑い一日になるのか。お香姐さん、どうしているのかな)

香のことを考えているうちに松蔵が出て来た。

「安、どうした。何かあったのか」

怪訝《けげん》そうな顔をした松蔵に信平が心中したと告げると、ひどく驚いた。

「本当に信平だったのか――」

こう確かめるのがやっとだった。

「伊助さんが間違えるはずがありません」

そう聞いて、松蔵はつぶやくように言った。

「そうか……。やっぱりな」

「やっぱり、とはどう言う意味で……」

「遅かれ早かれ、あの女と死ぬような気がしていたのさ」

「どこの女か、知っていたんですね」

「ああ。会ったことはないが、名前と住まいは聞いていた」

※

あれは、今年（天明八年＝一七八八年）の春先だったかな。信平が元気のない顔をしていたんで、酒を飲みに行こう、と誘ったんだ。すると、銭がないと断りやがった。おれがおごる、と言って引っ張り出したんだ。飲むうちに、惚れた女ができた、と打ち明けたのさ。

こんなやり取りだったな――。

「松蔵兄い。おれ、初めて女に惚れた」

「ほう。それはいいことだ」

「それがよくないのさ。その女は旦那持ちだ」

「何っ。旦那持ちの女に惚れたのか」

「ああ。その女と所帯を持ちたいけど、おれの商いがうまく行っていないんだ。とにかく物が売れない。自分一人が飯を食う銭も稼げない。長屋の店賃の支払いにも困っているぐらいだ。そんなおれが、その女と所帯を持ったところで食わすことができない」

「その女は、何て言っているんだ」

「いつもこう言うんだ。あたしも一緒になりたいけど、ひどいことをした女なの。だから、一緒になれない……。それに、旦那には大変な恩があるから、と」

「ひどいこと……」

「どんなひどいことか、知りません。ただ、昔、間違いを犯したらしい。だから、ひどいことをした女なの、と言って泣くことが多かった」

「どんな間違いを犯したんだ」

「知りません……。いや、何度も話を聞いているうちにどんな間違いか見当がつくようになった。でも、本人の口から聞いた訳ではないので松蔵兄いでも言えない……。もしも、おれの見当が外れていなければ、確かにひどい女だ」

「そんな女に惚れたのか」

「ああ」

「何て言う名だ」

「中原町に住むお房。年は二十歳。旦那は……。旦那は、おれが毎日のように世話になっている人だったのさ」

※

「信平さんにしてみれば、世話になっている旦那から、その、お房さんと言う女《ひと》を奪う訳にはいきませんね。仮にお房さんと一緒になれたところで食わせることができない。しかもお房さんは昔、何かひどいことをして、いまだに思い悩んでいる。だから、心中の道を選んだと……」

「そう思う。だから、心中したと聞いて、やっぱりな、と言ったのさ」

「お房さんの旦那、信平さんが世話になっている人って誰なんです」

「小間物屋『万屋』の旦那さ」

「えっ。万屋覚右衛門さんですか――。信平さんを万屋に紹介したのは、あっしでさ」

「うむ。信平から聞いていた」

万屋は肴町に店を構える小間物屋だ。何でも商っている。安兵衛も万屋からさまざま仕入れている。死んだ父親の安吉の代からの付き合いだ。

万屋は変わっている店だった。売りたい物を持ち込むと、店に並べてくれる。売れると、売り値の四分の一が万屋に入る。

安兵衛も得意客に頼まれて品を置いてもらったことがある。

担ぎ商いを始めたばかりの信平を万屋に引き合わせ、御山の塗り物を置いてくれるように頼んだのも安兵衛だった。

そのとき、万屋は「売れる日よりも売れない日の方が多いはずだ。自棄《やけ》を起こさず稼ぐんだよ。売り物は塗り物だけじゃない。塗り物のほかに何か売ればいい。例えば、春は御山で採れる山菜、秋は茸といったような物も売るんだ。いいかい、信平さん。何を売るかを頭で考え、それを心を込めて売るんだ。そうだ、頭と心だ」と言って信平を励ましたのだ。

安兵衛は、信平が万屋の言葉を励みにしていたことをよく知っていた。だから、房が万屋の囲い者と知ったときの信平の気持ちがよく分かった。

「信平さんは、お房さんとどうやって知り合ったんでしょうか」

「さあな。飛び込みでお房の家に行って知り合ったんじゃないか」

「信平さん、サイカチのこと、何か言ってましたか」

「サイカチって、何のことだ」

「二人の懐にサイカチが入っていたんだって」

「いや。何にも聞いてねえ」

三

幕府は「忠」と言う字を分けてさかさまにした「心中」と言う言葉を嫌い、「相対死《あいたいじ》に」を使っていた。だが、人々はしゃべりやすい「心中」と言っていた。ここ奥州霞露藩の人々も同じだった。

房と信平の心中は、二人が懐にサイカチを入れていたことから「サイカチ心中」と噂になり、あっと言う間に城下に広まった。

サイカチは高さ十五、六尺にもなる木だ。秋には長さ一尺ほどの莢《さや》が垂れ下がり、その実は洗髪や洗濯に使われる。

針売りの松蔵と会った翌朝、安兵衛が一本松に行くと、伊助が教えた。

「きのう、万屋の主の覚右衛門が肴町の自身番に、わたしが面倒を見ていた女ではないでしょうか、と名乗り出たそうだ。噂を耳にして、三、四日前から行方が知れないお房と言う遠縁の女では、と言って来たのだ。女は無縁仏として寺町の法善寺の墓地に埋めたばかりだったが、掘り起こして見てもらったところ、棺桶に座った女の顔を見てから、面倒を見ているお房に間違いありません、と言ったそうだ」

「松蔵兄さんも、お房は万屋の囲い者、と言っていました」

安兵衛は、きのう松蔵から聞いた話をかいつまんで伝えた。

「そうか。何か、ひどいことをねえ……。仙蔵親分の話では、お房は南部藩の盛岡生まれだそうだ。そのひどいことは、盛岡にいるときのことだろうか……。いずれにしろ、ひどいことして世をはかなんだお房、飯も食えないほど商いがうまく行っていない信平、しかもお房にも信平にも万屋に大変な恩義があった。これは心中するよりないな。――これで決着だな」

何事もきっちりさせないと気が済まない伊助にしては珍しく、こう言い切った。

確かに伊助の言う通りだが、安兵衛は何一つ腑に落ちなかった。

（親父さんの見立ては間違っていないだろうが、心中に走るまでに二人の間に何があったのか……。そもそも二人は、いつ、どこで知り合ったのだろうか……。お房の言う、ひどいことは何だったのだろうか……。二人が懐にサイカチを入れていたのは、何故なのだろうか……。分からないことが多すぎる……）


その日、安兵衛は房が住んでいた中原町の家に行ってみた。

機織《はた》りの音が聞こえる。

「ごめんなさい。小間物屋ですが、何か用はありませんか」

声をかけて覗くと、機織り機が二台見えた。使っているのは一台だけだ。

（空いているのは、お房と言う女が使っていたものなのか）

そう思っていると、返事が聞こえてきた。

「用はないよ。この通り手を離せないんだ。またにしておくれ」

「へい。それでは出直します。実は、お房さんのことを聞きたくて来たんですよ」

「何だって。お房さんを知っていたのか」

「いいえ。信平と言う男《ひと》を知っていたんです」

機を織る手が止んだ。

「こっちに回っておくれ」

言われた通りに回ると、板の間に置いている機織り機に三十過ぎの垢抜けない女が向かっていた。

安兵衛はあらためて名乗り、信平と同じ担ぎ屋だ、と告げた。

「信平さんがこちらに初めて来た日を覚えていますか」

「ああ、はっきり覚えている。ちょうど一年ほど前の夏だ。きょうみたいに暑い日だった。お房さんはいつもめそめそ泣いていたけど、その日は別人のように明るかった。一年に一回くらい、憑《つ》き物が落ちたようになるんだ。その日がそうだったのさ。だから、初めて会った信平さんとよくしゃべった」

※

「暑いねえ。暑くて汗を掻いて髪がぎしぎしだ。頭を洗って行水でもしたいよ」

「お房さん、そんなことを言ってないで手を動かして——。それじゃ、旦那さまに言われた分の織物を織れないよ」

「でも、杼《ひ》の滑りが悪いし、頭は気持ち悪いし……」

杼は分かるだろう。横糸を通すのに使う道具だよ。これのことだよ。

そんな話をしているところに信平さんが来たんだ。もちろん名前を知ったのは後のことだ。

「こんにちは。塗り物売りですが、ご用はございませんか」

いらいらしていたお房さんが、つっけんどんに、ないよ、と答えたんだ。

すると、信平さんは、気を悪くした風もなく、こう言ったんだ。

「杼の滑り、悪くありませんか。いや、実は、道を歩いていたら機織りの音が聞こえてきたんです。立ち止まって聞いていたら、滑りが悪いような気がして……。何か用があるんじゃないか、と思って声をかけたんです」

「お前さん、塗り物売りなんだろう。杼のことまで分かるのかい」

「へい。親父は御山の塗師で、あっしも物心がついたころから親父の真似をして塗っていたんで。お袋は機織りをしてましてね。だから、あっしが作った杼に漆を塗ってお袋にくれたこともあります。だから、杼の滑りの良し悪しは分かるつもりです」

「へえ、そうかい。おっ母さんは漆塗りの杼を使っていたのかい。贅沢だねえ。で、今、杼を直せるのかい」

「それを持ち帰ることができれば、明後日には直してお届けできますよ。でも、そうすると、ご新造さんはきょうの仕事ができない。ですから、まず使っていない杼を預かって、直して明後日持って来ます。それを届けたら、今使っている杼を預かって直して上げますよ」

「済まないねえ」

それから信平さんは、こう聞いたんだ。

「ほかに、ご用はありませんか。例えば、サイカチを持って来るとか……」

「サイカチだって」

「へい。ご新造さんの髪、サイカチで洗ったら、さっぱりするんじゃないか、と。いえ、実は、戸を開けようとしたとき、髪が気持ち悪い、と聞こえたもんですから……。聞き違いでしたら、お詫びします」

これを聞いてめったに笑わないお房さんが声を上げて笑ったんだ。初めて会った人とこんなにしゃべったのも初めて。珍しいこともあるな、と思っていたら、使っていない杼を渡してから、こう頼んだんだ。

「明後日、サイカチも持って来ておくれ」

お房さんと信平さんが初めて顔を合わせたとき、確か、こんなやりとりがあった。

後から考えると、どうもこのとき、お互いにひと目惚れしたようなんだ。

直して持って来た杼は滑りがよく、機織りの計《はか》が行った。ああ、おらも直してもらった。

もらったサイカチを使ったのは、後から持って行った杼の直しが終わって届けてくれたときだ。

「使ってみましたか」

そう聞かれて、お房さんが、使う気になったのさ。

「きょうも暑いから髪を洗ってさっぱりしたいよ。お里。お湯を沸かして」

「お湯なら、あっしが沸かします。何、塗り物が売れないから暇なんでさ。ご新造さんとお里さんは機織りを続けてください」

それじゃ、とおらたちは機織りを続け、お湯が沸いてからサイカチを手桶に入れて泡立ててお房さんの髪を洗ってやったんだ。洗ったのはおらだ。

お房さん、本当にさっぱりした、と言って上機嫌だった。おらも後から使ったよ。汚れがよく落ちて気持ちがよかった。

それから信平さんは、ちょくちょく顔を出してお房さんとおしゃべりして行った。

暑くて機織りをする気がないときは、信平さんに頼んでお湯を沸かして髪を洗うようになった。一度、信平さんに洗ってもらったことがある。洗い終わってからお房さんがこう言ったんだ。

「力の入れ具合、お里よりもうまいよ。これから信平さんに頼もうかな」

うっとりしたお房さんの顔は、忘れられないよ。それからだよ。信平さんが来ると、お湯を沸かして髪を洗い、髪を拭いて……。初めは恥ずかしがって胸乳《むなち》を隠していたけど、だんだん慣れてしまって隠さないで髪を洗ってもらうようになった。間違って信平さんの手が触れることもあったけど、いやがる素振りを見せなかった。今、思うと、二人は密かに楽しんでいたような気がする。

お房さん、人が変わったようになった。飯を食っているとき、前はいきなり泣き始めたりしたけど、胸乳を隠さないで髪を洗ってもらうようになってからは、信平さん、ご飯食べているんだろうね、と気遣ったりした。このように朝から晩まで、信平さん、信平さん。三日も顔を出さないと、どうしたんだろう、病気じゃないか、と心配するありさまさ。挙げ句に旦那様など来ない方がいいと言うんだ。

信平さんが来ると、べったりくっついている感じだ。でも、二人きりにはさせなかった。いつも、おらも一緒だ。もちろん、泊まって行ったこともない。

……ああ、言い忘れた。たった一回だけ、二人きりになったことがある。

今年の春、田植えが終わったころだったと思う。おらが厠に立ったときのことだ。少し腹具合が悪く、長く厠にいたんだ。

厠を出て部屋に入ろうとしたとき、お房さんの涙声が聞こえたんだ。

「信平さん。あたし、ひどいことをしたんだ……。忘れようたって……」

「それは昔のこと……。もう忘れなよ……」

※

「お里さん。その、ひどいことって何か分かりますか」

「さあ……。お房さんはしょっちゅう一人で泣いていたんだ。一度、訳を聞いたんだけど何も答えなかったんだ。だから、二度と聞かなかった」

「お房さんに親きょうだいは、いなかったんですか」

「おっ母さんがいるよ。病になって旦那さまの家の離れにいる。旦那さまの遠縁だって聞いたことがある。詳しいことを知りたければ、旦那さまに聞くがいい。ああ、そうそう、三年ほど前に暖簾分けしてもらった手代の藤七さんも知っているはずだ」

安兵衛は藤七のことはよく知っていた。今は生まれ故郷の高森村にいるはずだ。

腰を上げて帰ろうとしたとき、里が、ああ、思い出した、と言って付け加えた。

「信平さんがサイカチを持って来るようになる前のことだけど、お房さん、髪が汚れてくると、髪に煤がついているようで気持ちが悪い、と言って泣き出すことがあった。一回や二回のことではないので、気になって、煤って、何のことだ、と聞いたことがある。聞いたのが悪かったのか、声を上げて泣き始めるので聞かなくなった。まあ、心中とは関係ないと思うが……」

四

数日後、安兵衛は城下の東にある高森村に行った。

大畑村の百姓に、高森に行くことがあったら箕《み》を買ってきてほしい、と頼まれていたからだ。藤の蔓を編んで作った高森の箕は、軽くあおるだけで米と塵を分けることができると評判だった。

「稲刈り後に持ってくればいいから」

こう言われていたが、藤七が房と母親が霞露に来た経緯《いきさつ》を知っていると思ってやって来たのだ。

高森村は人数《ひとかず》（人口）が少なく、藤七の商いは苦しいようだった。だが、藤七は万屋にいたときのように愛想を見せて教えた。

「百姓仕事もしているから親子三人、何とか飯を食っていますよ」

白湯を出した連れ合いの腹が大きくなっている。二人目が生まれるのも近いようだ。

「して、安さん。こっちにはどんな用で――」

大畑村の得意客に頼まれた箕の話をすると、お安いご用ですよ、と仲立ちを引き受けた。

「ところで、安さん。高森にもサイカチ心中の噂が聞こえてきたんですが、あのお房さんと信平さんですか」

安兵衛がうなずいた。

「あの二人はいつからそんな仲になっていたんですかねえ」

「さあー。そもそもお房さんが中原町で万屋さんの世話になったのは、どんな事情からですか」

「三年前の天明五（一七八五）年のことです。手前が暖簾を分けてもらった年ですからよく覚えています」

※

主の覚右衛門は、お房さんとおっ母さんのお菊さんの面倒を見ていたんです。二人が霞露に来たとき、手前は津軽に仕入れに行っていたので詳しくは知りませんが、何でも盛岡の家が火事に遭って従兄の主を尋ねて来たと言うことでした。

お房さんの親父さんは、来ませんでしたね。お房さんがいつもめそめそしていたので店の者はみんな死に別れたと思っていました。

お房さんのきょうだいですか。いなかったと思います。いれば、お菊さんか、お房さんが何か言ったはずですから。

親子二人に頼られた主は、お菊さんに余計な気遣いをさせまい、と働かせたんです。奉公人に行儀作法をきっちり教えていましたね。一度、化粧道具の仕入れを任せたことがあるんですが、女衆《おなごしゅ》が喜びそうなものを仕入れて、あっと言う間に売り切れになったんです。化粧道具を受け持っている手代は、仕事を取られた、と青くなっていました。お菊さんは仕事を奪うような女《ひと》ではありません。二度目からは、その手代に教えていました。思いやりがあって本当によく働く女でした。

ある日、そのお菊さんが突然倒れましてね。どうも胸の病だったようで。変な噂を立てられると困るし、ほかの奉公人に病がうつっては大変だ、と思った主がお菊さんを離れに住まわせたんです。

同時に、お房さんを中原町に引っ越させたんですよ。お里と言う下女をつけてね。お房さんは十六、七にもなっていながら、おっ母さんにべったりでした。だから、おっ母さんの病をうつしたくないと言う思いから引き離そうとしたのです。それにあの気性ですから、嫁に行けそうもない、と見て、一人になっても飯が食えるように、とも考えたようです。

だから機織りがうまいお里と一緒に住まわせたのです。お里に教えられて織った織物が米代ぐらいになるだろう、と考えたんでしょうね。主もお菊さんもいつまでも元気でいられないですからね。

天明五年は本当にいろいろあった年でしたね。

※

「お菊さんが病に倒れ、お房さんが中原町に移ったのが天明五年。藤七さんが暖簾分けしてもらったのも天明五年ですか」

「忘れられない年です」

「そのとき、お房さんは十七になっていたんですか」

「へい」

「十七で母親の従兄の囲い者か……。中原町に移ってもお房さんのめそめそは直らなかったのでしょうね」

「へい、直らなかったと思いますよ。肴町にいたころは、おっ母さんや多くの奉公人がいました。だから、気が紛れることが多かったと思います。中原町ではお里と二人。月に二、三度、覚右衛門が来ても楽しくはなかったでしょうから……」

「お房さんは、何で、そんなにめそめそしていたんですかね。実は、それを知りたくて藤七さんに会いに来たんですが……」

「申し訳ないけど、分かりません」

五

藤七と会った翌日、安兵衛は中原町の家に里を訪ねた。心中の前の日、房は何をしていたのか、聞き漏らしていたからだ。

板の間にあった二台の機織り機はなくなっていた。がらんとした部屋の床を里が拭いていた。

「おや、安兵衛さん。何の用か知らないけど、きょう来てよかったよ。ここ、拭き終わったら、おら、万屋に戻るんだ」

「そうでしたか。それはついていたな。実は、お房さんが、ここにいた最後の日、何をしていたか、教えてほしくて来たんです」

「それって、心中の前の日のことか」

「へい」

里は桶の水で雑巾を洗いながら聞いた。

「どうしてだ」

「へい。お房さんと信平さんが心中した訳を知りたいんです。あれほど好き合っていた二人が何故、死出の旅に赴くことになったのか、を……」

「…………」

洗って絞った雑巾をまた濯いだ里が口を開いた。

「安兵衛さん、ここだけの話だよ。誰にも言わないでおくれ」

「へい」

「この間、安兵衛さんが来たとき、泊まって行ったこともない、二人きりになったのは一回だけ、と話したけど、嘘だったんだ」

※

心中の前の日、信平さんが顔を出したあの日も暑い日だった。お房さんが髪を洗いたい、と言うので信平さんがお湯を沸かし、おらも手伝って洗おうとしたとき、音を立てて雨が降ってきたのさ。夜に汗を掻いて濡れた着物と襦袢を洗って干していたから慌てて取り込みに行ったんだ。

お房さんとおらの二人分の干し物を持って家に入ろうとしたけど、すごい雨で納屋の軒下で雨宿りさ。なかなか止まなくて、小降りになったのを潮に家に入ったら、髪を洗い終わったお房さんと信平さんが口を吸い合っていたのさ。それでいったん戻り、入り口でわざと大きな音を立てて入ったのさ。

おらが見ていたのを知っていたかどうかは分からないけど、お房さんが空模様を聞いた。

「お里、雨は上がりそうかい」

「ちょっと止みそうもないな」

「そうかい。それじゃ、信平さん、きょう泊まって行きなさいよ」

信平さんは返事をしなかったけど、顔には泊まりたいと書いてあった。

おら、駄目だ、と何度も言ったけど、お房さん、言うことを聞かなかった。

「お里、後生だから……。一度だけだから……」

おらは思わずうなずいていた。と言うのは、いつもめそめそ泣いてばかりいるお房さんも人並み男の人を好きになったのか、とうれしい気持ちもあったからさ。

後から思うに、あのとき二人の気持ちは固まっていたような気がする。安兵衛さんもそう思うだろう。

押し切られたおらは、お房さんに言われるままに酒を一本つけて自分の寝間に引っ込んだ。布団に横になったけど、暑くて眠れないし、二人が気になってしょうがないし……。初めに聞こえて来たのは信平さんの愚痴だ。

「おれは、もうおしまいだ。兄貴たちに頼まれた塗り物は売れない。売れないけど兄貴たちは売れたはずだから銭を寄越せとうるさい。それに長屋の店賃は溜まり放しだし、米は一粒もないし……。もう生きていてもしようがない」

「信平さんもかい。あたしもだよ。弟の英一にひどいことをした女だから……」

「お房さん。それはわざとやったことではないんだから、もう忘れなよ」

「忘れることはできないよ。だってさ、英一が毎日、早くこっちに来いよ、と手招きしているんだ」

「お房さん、今晩は英一さんのことを忘れて……」

「そうね。もっと早くに信平さんに会いたかった」

「おれもだ」

この後は話し声も聞こえなくなったんだ。恥ずかしくて言えないけど、聞こえてきたのはお房さんの喘ぎ声だけ。こっちも変な気になってきてね。

※

「朝、起きて初めに思ったのは、旦那様が来なくてよかった、と言うことだった。次に思ったのは信平さんにも朝飯を食わせなければならないけど、旦那様の茶碗を使っていいか、と言うことだった。お房さんに聞こうと思って、声をかけたけど返事がない。部屋を覗いて見ると、二人はいなかったんだ」

話し終えた里は、喉が渇いたと言って勝手に行き、水を飲んで来た。

ほれ、と安兵衛にも水を出してから聞いた。

「安兵衛さん。弟の英一さんって知っているか」

安兵衛は、さあ、と首を横に振った。

「お房さんは、英一さんにひどいことをしたと言っていたけど、どんなひどいことをしたんだろう。安兵衛さん、分かるか」

「さあ。分からないな。どんなひどいことをすれば、死んで詫びる気になるんだろう……」

里に聞いた訳ではなかった。むろん里は、さあ、と首をひねるだけだった。

明日、万屋に行って聞いてみよう、と思い、安兵衛は腰を上げた。

六

サイカチ心中がかなり噂になっているため、万屋覚右衛門がどれだけ話してくれるか分からなかったが、安兵衛は万屋に行った。

(会ってくれるか、どうか。まあ、お店に行ってみないことには、進まないからな)

そんなことを思いながら店に入ると、当の本人がいた。

「安さん。お前さんもわしの間抜け面を見に来たのかい」

「万屋の旦那、何を言うんで」

「サイカチ心中とやらの後、心中の片割れを囲っていたわしの顔を見に来る者が多いんだ。品を買うつもりもないのに品定めのふりをしながら、わしの顔をちらちらとうかがってね。何に納得したか知らないが、ふむふむ、とうなずいて帰って行く」

「旦那。あっしはお房さん親子が万屋さんに来たときのようすを知りたくて伺ったんでさ」

「何だ、安さんも同じか」

むっとした顔を見て安兵衛は、慌てて知りたい訳を話した。

「お房さんのことを、藤七さんはめそめそばかりしていたと言い、お里さんはしょっちゅう一人で泣いていたと言ってました。今年の春、と言いますから三月《みつき》ほど前のことらしいんですが、お里さんが厠に立ってお房さんと信平が二人きりになったとき、お房さんが、ひどいことをした、と言って泣いていたと言うんです。これが分かれば心中に走った訳が分かるような気がしまして……」

万屋は黙り込んだ。すぐに立ち上がって番頭に声をかけた。

「ちょっと安さんと奥に行っているから後は頼んだよ」

奥の部屋に入って座るなり、万屋覚右衛門はこう切り出した。

「お菊がお房の手を引いてこの店にやって来たのは、安永七（一七七八）年の四月半ばだったよ。安さん、安永七年に何があったか、知っているかね」

「さあ。あっしは十歳でした」

※

安永七年の四月十日（新暦五月五日）に南部藩の城下盛岡で大火事があったんだよ。何でも二千四百戸もの家が焼けたって言う話だ。盛岡に生まれ、育ったお菊の嫁ぎ先の家も焼けた。そればかりかお菊の亭主の英吉と息子の英一も焼け死んだんだ。

先に言っとくと、わしの父親の弟がお菊の父親だ。わしとお菊はいとこ同士になる。お菊の父親は、近江商人の多い盛岡で商売を覚えるつもりで霞露を出て行ったんだ。叔父は勤めた店で働きが認められ、婿に入ってお菊たちをもうけた。お菊は英吉と言う商人の嫁に行き、英一と房を生んだ。

子どもたちも健やかに育ち、商いもうまく行っているときに起きたのが、安永七年の大火事だ。確か盛岡の人数は一万六千人ほどあったはずだ。そんな大きな盛岡の町の半分が焼失する大火事だったんだ。

焼け出されたお菊は、お房を連れて霞露にやって来たのさ。今でも、あのときのお菊とお房の姿をはっきり覚えているよ。顔や手足にやけどをし、髪も着物も焼けてちりちり。お房の髪には煤がついていた。草鞋《わらじ》も草鞋の体をなしていない。裸足のようなものだった。

やっと、ここにたどり着いたお菊がこう言ったんだ。

「覚平兄さん、盛岡に親類はいるんですが、みんな家が焼けて人の世話を見るゆとりがないのです。途方に暮れていたとき、覚平兄さんのことを思い出してやって来ました。何でもしますので雨露をしのげる所に置いてください」と。

覚平と言うのは、覚右衛門を継ぐ前のわしの名前だ。安さん、それは知っているだろう。そうか、やはり親父さんの安吉さんから聞いて知っていたか。

一月もしないうちに落ち着きを取り戻し、お菊もお房もやけどが治り、元気になった。言われてみると、確かにお房はめそめそしていることが多かった。しかし、大火事に遭ったうえに、父親と弟を亡くしたんだからしょうがないことだ、と思っていた。今でもそう思っている。

お菊にはいろいろ働いてもらった。台所仕事も女中のしつけもやってもらった。身内を褒めるのもはばかられるが、頭がいい女だ。ひょっとして、と思って、化粧道具などの女衆向けの品の買い付けをさせてみたんだ。女の客が好む品を仕入れ、よく売れた。このあたりは安さんも知っていると思うが……。えっ、知らないって。そうか、これは安吉さんのころの話か。

これからも、と思っていたら、ある日、連れ合いの久がこう言ったんだ。

「お前さん。お菊さんが体の具合が悪いんだってさ。体がだるくて疲れやすくなった。時折変な咳も出るって言うんだよ。胸の病じゃないのかねえ」と。

医師に診てもらったら、胸の病だ、と言う。それで離れに住まわせることにしたんだ。この機会にお房を中原町に住まわせることにした。いい年になっても、めそめそ泣きが直らない。よく見ていると、お菊と一緒のときに泣いていた。ここに初めて来たときと同じ十歳、と言う感じだ。これじゃ、嫁にも出せない。いやいや、もらい手がないだろう。

そこで、お菊と相談してわしがあらためて面倒を見ることにしたんだ。

お菊にしてみれば、自分にもしものことがあった場合のことを考えたんだろうな。

これが裏目に出たのかねえ。

※

安兵衛は盛岡大火のことを知らなかった。烈《はげ》しい風にあおられた猛火が広い盛岡の城下の大半をなめ尽くした、と万屋が教えてくれた。

お菊さんもお房さんもよく生き延びることができたものだ、と思った。

（父親と弟は猛火から逃れることができず、焼け死んだ。お房さんがめそめそするのも無理もない話だ。しかし、その悲しみは、四、五年もすれば薄れるのではないか。大火から十年も経っているのに……）

ふと、安兵衛は胸に妙なざわめきを感じた。

（まさか――）

七

まさか、と思ったことを安兵衛は、万屋の主覚右衛門と内儀の久に話した。

案の定、万屋は、まさか、と言って笑い飛ばした。

「でも、万が一ってこともあります」

引き下がらない安兵衛を見て万屋が久に聞いた。

「お菊は、きょうはどんな具合だ」

「きょうは少し暑さが和らいでいるせいか、具合はよさそうですよ」

「どれ、お菊の顔を見て来るか」

万屋は目で安兵衛を促した。

菊の住む離れは、板敷きの狭い部屋だった。部屋の真ん中に布団を敷き、縁側近くに小さな鏡台がある。行灯もあるが、使っていないようだ。

縁側に座って庭を眺めていた菊は、安兵衛の姿を見ると笑って言った。

「おや、安さん。ずいぶんとしばらくだねえ。しばらく会わないうちに若くなったねえ。しかも背まで大きくなって」

「お菊。安吉さんではないよ。息子の安兵衛さんだよ」

「息子の安兵衛さん……。あの、小さかった……。ずいぶんと大きくなったねえ」

安兵衛が無沙汰を詫びた後、用向きを語った。

「安永七年の四月十日のことを教えてほしい、って。そんな昔のこと、忘れましたよ」

「忘れたくとも忘れる訳がない、と思って会いに来たんでさ」

「確かに、忘れることができれば、どんなに気が楽になったろうに……」

青白い顔を安兵衛に向けて語り始めた。

※

そのころ、わたしたちは盛岡の夕顔瀬片原町に住んでいた。

あの日、四月十日はよく晴れていたけど、朝から西南の風が強くてねえ。昼過ぎには、さらに烈しくなったんです。これは火を使って夕飯を作れないな、などと思っているうちに半鐘が激しく打ち鳴らされた。近くの長之助さんと言う人の家から火が出たんですよ。

これは大火事になるな、と思って子どもたちを探しに行ったんです。遊びに行った方に行くと、建ち並ぶ家々がごうごうとうなりを上げて燃えている。あまりの火の回りが早いのに驚いたよ。しかも火の勢いが強くて探す家には近づけない。家財道具を背負って風上に逃げて来る人々とぶつかり、ぶつかりしながら、房と英一の名前を呼んだんです。

安兵衛さん。房は娘の名前。近ごろ、サイカチ心中の片割れとかと噂になっているようだから、名前は知っているでしょう。英一は息子の名前。房は十歳、英一は六つでした。

逃げて来る人たちと一緒になって走って来る房の姿を見つけたんです。でも、英一はいなかった。いつも二人一緒なのに……。英一は、と聞くと、房は知らないと言うんです。遊びに夢中になっているうちに火事に遭い、離れ離れになったと思ったんです。

まずは房を安心できる所に連れて行き、それから英一を探しに行こう、と思って房の手を引っ張って急いで風上の方に引き返しました。

そのとき、背中の方から英一のような声が聞こえてきました。振り返って見たけど、姿が見えない。

なぜか、入り口に酒樽が置いてある家が目に入ったのを覚えています。房もちょっと振り返りましたが、わたしに引っ張られて逃げるのが精いっぱいでした。

火が鎮まったのは、翌日の夜明け前でした。もう一面、焼け野原……。後から聞いた話では、夕顔瀬から出火した火は、西南の風にあおられて下台、梨木丁、長町、材木町、八日町、本町へと移り、二十を超える寺院を灰にしました。それだけで治まらず下小路丁、外加賀野、御持筒丁を燃やし尽くしました。夕顔瀬から御持筒丁までは、ざっと二十五町（約二・七キロ）はあると思います。

結局、亭主の英吉と倅の英一とは会えませんでした。五日、待ってみましたが、何の消息もありませんでした。どこかで焼け死んだ、と諦めて覚平兄さんを頼って盛岡を出て来たんです。

※

涙は枯れ尽くしたのか、菊は淡々と十年前を振り返った。

「お菊さん。霞露に来てからお房さんがいつもめそめそしていたのは、お父っちゃんと弟と死に別れたからですか」

「…………」

「あっしは、こう考えているんです。いえね、さっき思いついた考えです。万屋さんに話したら、まさか、と一笑に付されました。間違っているかもしれませんが、お菊さんに聞いてほしいのです」

「…………」

「お房さんがめそめそしているのは、お房さんが火を付けたからではないのですか。そのため、盛岡の半分近くが焼け失せ、お父っちゃんと弟を死なせた。だから、十年も経った今でも泣き暮らす日々を送っている。お里さんが耳にした、ひどいことをした、と言うのは、火付けのことだと考えたんです」

安兵衛は菊の顔を見つめた。万屋の夫婦も菊が何と答えるのか、身じろぎもせずに待っている。

菊は薬湯の入った茶碗を手にして口を開いた。

「安兵衛さん。それは違います。房が死んだ今、もう隠す必要がないのでお話します」

薬湯を一口飲んでから万屋夫婦に頭を下げた。

「ずっと黙っていて済みませんでした。あのとき、房と英一は友だちの長屋に遊びに行っていたのです。火元の長之助さんの近くの長屋です。友だちはおっ母さんに何か言いつけられたらしく出かけて、その長屋に房と英一の二人きりになったようです。何が原因か分かりませんが、そこで房と英一が喧嘩をし、怒った房が長屋を出たんです。出たとき、入り口に酒樽を置いたんです。強い風にあおられてどこからか転がって来た酒樽だったようです。英一が長屋から出るときにぶつかるように意地悪したんです」

菊は一息ついて、薬湯をもう一口飲んだ。

「そのとき、房の耳に届いたのは、火事だ、火事だ、と言う声でした。それを聞いてびっくりした房は、逃げ出したのです。目の前の長屋の屋根に火が飛んで来たのを見て英一のことを忘れたに違いありません。そんなに大きな酒樽ではなかったので、ぶつかっても怪我はしない。酒樽に気づけば、簡単に避けることができると思っていたようです。確かに大人なら蹴っ飛ばすことのできる大きさです。でも、英一は六つ。幼い子どもには無理です。十歳の房には、そこまで頭が回りません。ちょうどそこに、そんなことを知らないわたしが行き着き、房の手を引っ張って逃げたのです。さっき、英一の声が聞こえたような気がして、と言いましたが、後から考えると、あれは確かに英一の声でした。落ち着いて房の話を聞いていれば、英一を助けることができたかもしれません」

万屋が首を振って菊に言った。

「お菊、それは無理だ。目の前に迫る火を見ながら落ち着いて話など聞けないよ」

「火が鎮まって、わたしたちは亭主と倅が帰って来るのを待ち続けました。待っている間に房が友だちの長屋できょうだい喧嘩をしたことを打ち明けたのです。普段なら四半刻（三十分）後には笑いながら悪口を言い合っていたはずですが、あのときはそうはならなかった。以来、房は英一が戻って来ないのは自分のせいだ、と責め続けていたのです。でも、あのとき、房に、英一はどこ、と何度も聞かなかったわたしも悪かった。わたしは、房と同罪です」

菊は両手で顔を覆って泣いた。

「覚平兄さん。実は、わたし、もう一つ嘘をついていました」

何のことだ、と言う顔をして万屋が菊の顔を見た。

「実は、英吉の兄弟が、二人の面倒を見るから遠慮しないで盛岡に残りなさい、と言ってくれたんです。それなのに、覚平兄さんには、英吉の兄弟にわたしらの世話をするゆとりがないようだ、などと嘘を言ったんです。盛岡に残ると、房が英一のことを思い出すだろうと言う一心から霞露に連れて来たんです」

「それは知っていたよ。盛岡に行くたびに英吉さんの兄弟に店に顔を出し、お菊やお房の消息を伝えていたから……」

「やはり、そうでしたか」

菊はうなずいた。

「お房のことを考えると、こっちに来てよかったんだ」

「はい。わたしもそう思っています。房に英一のことを忘れさせよう、と思って連れて来たんです。……ですが、忘れられなかったようです。めそめそ泣いてばかりいましたから……」

ここまで言うと菊は、少し口をつぐんだ。

口元に笑みを浮かべて安兵衛に聞いた。

「安兵衛さん。信平さんって、どんな人でしたか。あの泣き虫の房と一緒に旅に行く人ですから、きっと優しい人だったんでしょうね」

「はい。お房さんにせっせとサイカチを持って行ったそうです。そのサイカチを信平さんとお里さんが泡立ててお房さんの髪を洗ってやったそうです。洗い終わると、お房さんはこう言ってほほ笑んだそうです。ああ、髪についていた煤が落ちた、って」

「そうですか……。信平さんのサイカチは、長年、房の心に張りついていた煤を洗い流してくれたんですね」

安兵衛は、黙ってうなずいた。

「今ごろ、房はあの世で英一と信平さんを引き合わせて、英ちゃん、あのときはごめんね、なんて言っているんでしょうね」

菊はまた泣いた。静かに泣いた。

覚右衛門も久も泣いていた。

鯛抱き童子

一

さらさらした雪が降る中、三度笠をかぶり、蓑をつけた振り売りや担ぎ屋が一本松の下に集まって来た。

夜が明けて半刻（一時間）ほどが過ぎた刻限だ。

「きょうも寒いねえ」

こう言って油売りの伊助や水売りの五助のそばに来て挨拶したのは莨《たばこ》売りの敏だ。

奥州霞露《かろ》藩の城下ではただ一人の女の担ぎ屋だ。

「おう。けさもずいぶん冷えたな。まあ、一月の初め（新暦一月下旬）じゃ、こんなもんだろう。お敏姐さんは、きょうはどっちを歩くんだ」

伊助が聞いた。

「きょうは、まず天和池近くの炭焼きのところに行くつもりさ。そろそろ莨が切れるころだから」

遅れてやって来た小間物商いの安兵衛が口を挟んだ。

「一度、あの炭焼きを訪ねてみようと思っていたんだけど、どんな男だい」

安兵衛は三度笠をかぶっているが、蓑をつけていない。いつも四段重ねの木箱を大きな布に包んで担いで商いをしている。その上から蓑をつけると、ただ重くなって動きが鈍くなる。だから雪や雨の日は木箱を油紙で覆うだけだ。

「名前は新吉って言うの。年のころは二十一、二。気持ちのさっぱりした男だよ」

「夕時雨村で炭を焼いていたが、島兵部様のお声がかりで霞露町に来たのさ」

伊助が教えた。

きょうは見えないが、いつも一本松の向こうになだらかな姿の霞露岳が見える。この霞露岳の中腹に夕時雨村がある。一本松から北に四里ほどの道程《みちのり》だ。

「島様のお声がかりで……」

「そうさ。どう言うきっかけか知らないが、新吉は晴雨考（天気予報）を考え、作り上げたそうだ。何年もかけて毎日の天気を調べ、いつそれの天気は晴れ、いつそれは雨、と言う夕時雨の晴雨考を作った。だが、当たらなかった。当たらなかった理由《わけ》は、信州と上州にまたがる浅間山が天明三（一七八三）年に噴火して灰を含んだ雲が関八州から奥州、羽州までを覆ったからだそうだ。もう一つの理由は、夕時雨が天気の変わりやすい山間《やまあい》にあるからだ。

新吉の晴雨考を知った島様が、霞露町の晴雨考を作れば百姓仕事にも大いに役に立つはずだ、と見て呼び寄せたのさ」

島兵部は霞露藩の家数人数《いえかずひとかず》改め方の職に就いている。藩内を隈なく歩き、家の数や人の数を調べて世間の動向を見ている。夕時雨村の名主喜兵衛から甥の新吉が晴雨考を作ったと聞き、半ば強引に連れて来た。家老を説得して天和池からさほど離れていない場所に楢や櫟《くぬぎ》などの雑木林がある一町歩の土地を新吉に貸し与えたのだった。

「明日の天気は気になるけど、晴雨考を作ろうなんて考えもしませんぜ。誰に教わったんですかね」

「誰にも教わっていない。自分で考えたみたいだ」

「へえ。世の中には変わった男もいるんですね」

「変わった男ではない。頭のいい男だ」

「へえ、そうなんですか」

伊助と安兵衛の話を聞いていた五助が訳知り顔をして安兵衛に教えた。

「安、新吉は一杯飲み屋『末広』のお末さんの亭主なのさ」

「えっ。お末さんの……」

「何、びっくりしているのよ。驚く話じゃないでしょ。あんたにだって桜坂に思い人がいるでしょ」

図星だ、とばかりに伊助と五助が大声を上げて笑った。

話し込んでいるうちに朝飯に間に合うように仕事に出ていた納豆売りや豆腐売り、青物売り、川魚売りが帰って来た。連中が一服を始めると、入れ代わりに油売りや莨売り、鋳掛《いかけ》屋などが出かける。

「さあ、行こうか」

伊助が言うと、ほかの三人も腰を上げ、三方に散った。

安兵衛は南の大畑村に向かった。何軒かの農家から頼まれていた品を届けるためだ。

歩き始めてすぐ寒気を感じた。

(天和池から帰るときに掻いた汗を拭かずに飯を食いに行ったのがまずかったのかな……。まあ、たいしたことはないだろう)

毎日、夜明け前に長屋から半里ほど北にある天和池に行き、五尺棒を振っている。伊助に体を鍛えたらどうだ、と誘われて去年の秋から稽古を始めたのだ。半刻ほどの稽古が終わると、小走りで帰って来る。このとき汗を掻いたのがよくなかったようだ。

歩きながら、伊助のことが気になった。

（年を取ったせいか、近ごろ、怒りっぽくなってきたな）

朝の稽古には伊助の一人息子の伊之助も来て、四尺棒を振っている。だが、ここ数日は寒さが厳しく、伊之助は稽古に身が入っていない。それを見た伊助の雷が落ちるのだ。

（それにしても怒り過ぎだな。伊之助さんはまだ十一歳か十二歳なのに……）

また寒気がした。

（早く品を届けて長屋に帰って寝よう）

二

どんどん、どんどん。

「安さん、いるんでしょう。戸を開けて」

どんどん、どんどん、どんどん。

（向こうの川原で太鼓を打ち鳴らしながら歩く子どもたちがおれの名前を呼んでいる。顔は見えないが、聞き覚えのある声だ）

どんどん、どんどん。どんどん、どんどん。

「安さん、戸を開けてよ」

(あれは多恵の声だ。何の用だ)

眠っていた安兵衛がようやく目を覚ました。起き上がろうとしたが、体が重い。

ぐっしょり汗を掻いていた。

「いま開ける。ちょっと待ってくれ」

布団から這い出た安兵衛が心張棒を外すと、戸が勢いよく開いた。

「安さん、どうしたの。顔が真っ赤よ」

多恵は一膳飯屋『もりよし』で働いている。毎朝、顔を出す安兵衛が来なかったのを心配してやって来たようだ。もりよしで働き始めたのは、七年前の十二歳のときだ。毎朝父親と飯を食いに来ていた二つ年上の安兵衛に、安さんのお嫁になりたい、と言ったこともある。

多恵の後ろには隣に住む嬶《かかあ》の参の顔が見える。おせっかい焼きの参は、何にでも首を突っ込む。多恵の声を聞いておせっかい焼きの虫がうごめいたようだ。

「ちょっと額を出して。あら、すごい熱。布団に戻って」

額に手を当てた多恵が驚いた声を上げ、桶を持って井戸に走った。

井戸の水を汲んで来た多恵は、安兵衛にあれこれ指図した。

「安さん、乾いた着物に着替えるよ。その前に体を拭いて上げるから」

「お多恵ちゃん。まるで安さんの女房みたい」

土間に立って見ていた参が軽口を叩いた。

「子どものころは安さんのお嫁になりたい、と思ったのよ。なれなかったけど……。幼なじみが風邪を引いたら、世話してやらなくちゃ」

多恵はさらりと受け流して続けた。

「そうね。幼なじみのお嫁になったつもりで世話してやりな」

多恵はじっと見ている参を気にする素振りも見せず安兵衛の体を丁寧に拭いた。

拭き終わると、濯《すす》ぎ直した手拭いを安兵衛に渡して言った。

「そこは自分で拭きな」

「おや、つれないお嫁さんだねえ。大事なところを拭いて上げないのかい。代わりに拭いてやるかい」

「お参さん、何をふざけたことを言ってるんだい」

安兵衛は少しむっとして言った。

「嘘だよ、嘘。さあ、帰るとするか。洗濯が途中だったの、忘れていたよ。水が冷たくていやになるよ」

参がそそくさと井戸端に向かうと、多恵は乾いた下帯と着物を安兵衛に渡した。

「拭き終わったら着替えて。ちょっと水を替えて来るよ」

多恵は新しい手拭いと桶を持って出た。

着替えた安兵衛が横になると、戻って来た多恵が冷たい水に浸してよく絞った手拭いを額に乗せた。

「ああ、気持ちがいい。着替えただけで大分よくなった気がしてきた」

「そうかい。まだ顔が赤いよ。寝ていなさいよ」

(お参さんじゃないが、まるで女房だ。お香姐さんには申し訳ないが、悪い気がしないな)

安兵衛は桜坂に住む香のことを考えながら、目をつぶった。

香は古着屋『市古堂』の大旦那の囲い者だ。香の話では、大旦那は六十を過ぎたせいか、泊まりに来ても香の三味線に合わせて端唄を唄った後、香の手料理を楽しんで帰ることが多くなったそうだ。

「着物を干して下帯を洗って来るから」

多恵が乗せてくれた手拭いは、冷たくて気持ちがよく、すぐにまた眠ってしまった。

額の手拭いが取られ、水で濯ぐ音がしてまた額に手拭いが乗せられた。

やがて聞き覚えのある男の声が聞こえてきた。

「お多恵、安の具合はどうだい」

「ずっと眠っているよ。でも、だいぶ熱は引けたみたい」

「そうか。それはよかった。それにしても、よく針売りの松蔵を捕まえることができたな」

「たまたま表通りから松蔵さんの声が聞こえて来たんで、飛んで行って伊助おじさんに繋ぎを取ってくれ、と頼んだの」

「ありがとよ。今朝は天和池にも一本松にも顔を見せなかったから心配していたんだ。遠出するとも聞いていなかったし……」

（やはり伊助親父の声だ。お多恵ちゃんが知らせてくれたのか……）

多恵は伊助に白湯を出した。

「熱が下がってきたのもお多恵が看病してくれたお蔭だ。安は幼いころに母親を亡くしている。だから、こんなふうに看病してもらったことがない。うれしかったと思うぜ」

「そうかな。そうだったら、よかった」

「うれしかったに決まっているさ。お多恵は早くに父親を亡くし、去年は亭主を失ったが、こうして人に親切にできる優しい娘《こ》に育った。おっ母さんのお敏姐さんが立派に育て上げたんだが、草場の陰で親父さんの多吉さんも喜んでいるだろうな」

多恵は去年、植木職人の亥之吉の元に嫁いだが、亭主は情婦《いろ》の家に入りびたり、肌を合わせないうちに情婦に殺された。弔いが終わった後、嫁ぎ先の家を出て来てもよかったが、父親孝行の真似をしたい、と言って亥之吉の両親《ふたおや》の世話をしている。

多恵の明るい性分は、莨の担ぎ商いをしている母親譲りだった。

安兵衛や伊助が住む奥州霞露藩の城下にはさまざま棒手振りや担ぎ屋がいるが、敏はたった一人の女の担ぎ屋だ。嵩張らず軽い莨は女に打ってつけの売り物と言って敏に莨売りを勧めたのは、油売りの伊助だった。

伊助は、黒光りのする六尺棒の両端に油桶を、さも軽そうに下げて売り歩く。人のよさそうな笑顔を絶やさない油売りは、何十人もいる霞露の振り売りや担ぎ売りの元締めのような男だった。

多恵と伊助の前で寝息を立てている安兵衛は、四段重ねの木箱を背負って小間物を売る担ぎ商人だ。独り立ちしてまだ六年だ。棒手振り仲間では一番若い二十一歳だが、子どものころから父親の安吉について歩いていたため一人前の顔をしている。

「莨売りを始めた経緯《いきさつ》は、おっ母さんから何度も聞かされたよ。小さいころはおっ母さんの帰りが遅くてめそめそ泣いてばかりいたけど、帰って来ると、わたしをきつく抱きしめて、莨を売らないとおまんまを食えないから我慢しな、と言ったものです」

「そうかい」

「うん。そして、必ずこう言ったんです。油売りの伊助兄さんが莨売りの道を拓いてくれた。お陰でお前を育てることができるんだよ。伊助兄さんは命の恩人だ、って」

「どんな経緯から勧めたか、忘れてしまったな。大事なことは、お敏姐さんがお多恵のために足を棒にして売り歩いたと言うことだ。女の担ぎ商人だったから口で言えない辛いことがたんとあったはずだ」

「うん。そう言っていた。辛いことを伊助兄さんに零《こぼ》すと、ふんふん、とうなずいて聞いてくれ、それだけで気分が晴れたもんだ、とも言っていた」

「そんなこと、あったかな。お敏姐さんは強い人だから、自分で辛さを乗り越えたと思うが……。お多恵、お得意が待っているんでわしは出かけて来る。薬を置いて行くから後で飲ませてやりな。目が覚めたら、一回に二粒だ」

「はい、一回に二粒ね」

「おっと、うっかりしていた。お多恵も家に帰らなきゃならないだろう。隣のお参さんに看病を頼むか」

「お参さんは忙しいと思うから、わたし、夕方までいますよ」

多恵の声がとんがっていたが、すぐに優しい声に戻った。

「夕方には安さんも元気になると思うし……」

「そうかい。じゃ、頼むぜ。夕方、また来るぜ」

多恵は戸口まで出て伊助を見送った後、空を見上げた。よく晴れている。長い冬が終わるのはまだ先だが、春が少し近づいてきたようだ。

「この分だと、着物も乾きそうだ」

こう独り言を言って水洗いをして干した着物と下帯の乾き具合を確かめた。

そこに参の子ども二人が手習い所から帰って来た。昼寝だよ、と言って参が子どもと一緒に長屋に入ったのを見届け、戸に心張棒を掛けた。

安兵衛は眠っていたが、多恵は布団の中にそっと手を入れ、下帯を解いた。

気がついたらしく、すぐに気が漲った。

「なんだい、起きていたのかい。寝てていいよ。あ、こっちの安さんは起きていて」

多恵はゆっくり腰を沈めた。

三

伊助の薬が効いたのか、多恵の温かい介抱がよかったのか、安兵衛は気持ちよく目覚めた。丸一日以上眠っていたのだ。腹が鳴ったが、もりよしはまだ開いていない。水をたらふく飲んで天和池に向かった。

天和池に着くと、伊助と伊之助が棒術の稽古をしていた。安兵衛はいつもの通り体をほぐしてからゆっくり棒を振り始めた。じわりと汗を掻き始めると、動きを速くするのだ。この所作を繰り返しながら、伊助に誘われたころを思い出していた。伊助親子と三人の稽古と思っていたが、来てみると、水売りの五助が真剣な顔をして小太刀を振っていた。これにはびっくりしたものだ。いつも下世話な話しかしない助平な爺《じじい》と思っていたからだ。そのとき、人は見かけによらないものだ、とあらためて思ったものだ。

五助の年は分からないが、伊助よりも四、五歳上に見えた。四十六、七か。どう言う経緯か安兵衛は知らなかったが、伊助を兄いと呼んでいた。

この日も伊助が六尺棒を、伊之助が四尺棒を振っていた。五助もいた。

安兵衛は伊助のそばに行くと、薬をもらった礼を言った。

「もう治ったか。若いから治りが早いな」

こう言いながら、伊助が「鉄木《てつぼく》」と呼んでいる重い六尺棒を持って舞を舞うような所作を続けた。鉄木を操りながら伊之助の稽古を見ているが、この日も雷が落ちた。

「何だ、伊之助。腰が入っていない。気合いも、だ。寒いと思うから体が動かないんだ」

見ると、四尺棒を腰を入れて振らなければならないのに手先だけで振っていた。まったく気乗りがしないようすだった。

この日は四半刻（三十分）足らずで稽古が終わった。

「気が乗らないときは長く稽古しても実にならない。きょうはおしまいだ」

伊助が言うと、伊之助は詫びるように頭を下げ、小走りで帰った。

五助はいつものように清水を汲みに沢に入り、安兵衛もいつものように小走りで帰ろうとした。

夜明けが近いのか、雲におおわれた東の空が白んできた。

「安、話をしながら帰るか」

伊助に呼び止められた。さきほど伊之助を叱ったのが原因のようだった。

「人は教わった通りにしか教えることができないんだな」

「…………」

安兵衛は汗を拭きながら雪道を歩いた。

「十歳になった春から親父から棒術を習った。四尺棒だ。だから、伊之助が十歳になった一昨年《おととし》の春から四尺棒を振るわせているのさ。わしが十五になったとき、五尺棒に替わった。だから、伊之助が十五になったら五尺棒に替えさせる。十八になったら、この六尺棒を持たせるつもりだ。何もかも親父がやった通りだ。いつも気合いを入れて稽古を積んできた。親父から叱られたことがない。だから、きょうのような伊之助を、どう叱っていいのか分からない。何か言おうとすれば、怒鳴り散らすような気がしてな……」

「あっしの親父もそうでした。叱り方を知らないのか、あっしが何をやっても黙っていました」

「安は安吉さんに叱られるようなことはしていなかったろうに」

安兵衛の父親の安吉は、六年前に病のために死んだ。二歳年下の伊助と兄弟付き合いをしていた。だから安吉が生きているときは安兵衛は伊助を「伊助おじ」と呼び、死んでからは「親父さん」と呼ぶようになった。

「伊之助はわしが三十になってから授かった息子だ。耄碌《もうろく》しないうちに親父から教わったすべてを伝えなければならない」

「十歳になった一昨年から稽古を始めたと言うことは、今年十二になったんだ」

「そうだ。伊之助が二十歳になるまでに代々伝えられてきた棒術を教え込まなければならない」

「代々、ですか」

「そうだ。薄々気づいていたと思うが、わしは島兵部様に仕えている細作《さいさく》（間者）だ。島さまは人数家数改め方の要職にあるが、実は藩忍び御用の竿灯組組頭でもある。油売りの伊助一族は関ケ原以来、竿灯組組頭の島様に仕えてきたのだ。島様は八代目、わしは六代目だ」

「そうでしたか。何となく、親父さんは、お侍では、と思っていました」

「侍の身分は捨てた。捨てたが、伊之助は九代目の兵太郎さんの手足にならなければならない。このままだと足手まといになりかねない」

「親父さん、それは心配のし過ぎですよ」

「そうかな。……安に頼みがある」

「へい。何でしょう」

「五助のようにわしの手足になってくれ、とは言わん。わしが死んだ後、伊之助を見守り、ときどき小言を言ってほしいのだ」

「そんな心配は無用かと思いますが、分かりました。それにしても五助さんも親父さんの配下だったとは……」

「驚くこともあるまい。莨売りのお敏姐さんは別だが、振り売り、担ぎ売りの半分はわしの配下だ」

夜が明けてすっかり明るくなった雪道を歩いた。町の中に入ると、振り売り仲間の声が聞こえてきた。

「なっとう、なっと、なっとー」

「とうふ、とうふはいかがですかー」

安兵衛の腹が鳴った。

四

その数日後、城下の辻で安兵衛は五助とばったり会った。

別に珍しいことでもないが、二人とも暇だったせいか霞露岳《かろだけ》神社の向かいにある水茶屋に立ち寄った。きのう安兵衛がここを通ったときは床几はなかったが、少し日の光が暖かくなってきたのに誘われて床几を出したようだ。

二人は並んで床几に腰を下ろした。五助は腰にぶら下げた煙草入れを取り出し、煙管に莨を詰めてうまそうに吸った。

「いまさら聞くのも変な話ですが、伊助さんとはどんな付き合いなんですか」

「うむ」

五助は煙を吐き出しながら、変なことを聞くな、と言う顔をした。

「いえね、五助さんの方が年上に見えるけど、いつも伊助さんを、兄い、と呼んでいるから……」

細作頭と配下と言う関わり以外のものを感じて聞いたのだった。

「あんまり思い出したくない話だな……」

「悪いことを聞いたようで……」

水茶屋の女が茶と団子を持って来た。

「床几を出してみたけど、寒くないですか」

「大丈夫だ。春がそこまで来ている感じだな」

五助は煙管をぷっと吹いて吸い殻を道端に飛ばし、茶を一口飲んでから口を開いた。

「ま、いいか。かれこれ二十年前のことだ。棒手振り仲間を仕切っていた先代の伊助さんが退き、若い伊助兄いに元締めを譲ったんだ。そのころのわしは、仕事も持たず、人を強請《ゆす》って小銭を稼ぐ暴れん坊だったのさ。わしの姿を見ただけで逃げ出す者もいたぐらいだ。いつも銭がなく、ぴーぴーしていた。そんな矢先、先代が退いたと聞いたのさ。一本松の下に行って棒手振りに、何か困ったことがあったら万事片付けてやるから後見料を出せ、一人一月百文（二千五百円）だ、と強請った。振り売りや担ぎ屋が四、五十人いたから食うには困らないと算段したのさ」

「すごい度胸ですね」

「ああ。あのころは怖いものがなかった。わしの言葉を聞いて、みんな怯えた顔をしていた。

だから、わしが持って来いと定めた日に、みんなそろって銭を持って来ると思った。われながらいいところに目を付けたとも思ったものさ。しかし、そうは問屋が卸さなかった」

「……どうなったんですか」

五助は新しい莨を詰めた。

「誰も銭を持ってこなかったのさ。みんな新しい伊助さんに相談したようだ。わしの前に来た伊助さんは、こう言った。誰も鐚《びた》一文出さない。お前も真面目に働きな、そうしたら仲間に入れてやる、と。わしの背丈は、安、お前と同じぐらいだ。伊助さんは五尺二寸ぐらいか」

安兵衛は五尺六寸もある。年を取って少し縮んだが、五助はいまでも安兵衛よりも背が高い。

「そうですね。五尺三寸に少し足りないぐらいですか」

「初めて見たときから簡単にひねり潰せると思っていた。だから、お前も真面目に働きな、と言う小癪な科白が気に障って、何だと、この野郎、と殴りかかったのさ。ところが、ひょいと避けられてたたらを踏むありさまよ。もう一度殴りかかったら、どこをどうやられたか分からないが、投げ飛ばされていたのさ。また突っかかって行ったが、また投げ飛ばされただけよ」

簡単にあしらわれた話だが、五助はどこか楽しげだ。

「それでどうなったんで」

「わしもそんなに馬鹿じゃない。これはいくらやっても勝てはしない、と思って潔く頭を下げたのさ。そうしたら、伊助さんが、真面目に働くか、と迫るんで、へい、と答えたんだ。するとな、水売りをやれ、使う道具は貸してやるし、得意さんも教えてやる、と言うじゃないか」

「確かに五助さんは立派な体をしているから重い水を売るには売ってつけだ」

五助は白い煙を吐き出してから懐かしげに振り返った。

「伊助さんにもそう言われたよ」

「それにしてもずいぶんと潔かったんですね」

「へへっ。いまだからこそ言えるが、あれは方便だったのさ。いったん参ったふりをして、そのうちに足をすくってやろうと思っていたんだ」

「それは駄目ですよ」

五助さん、これはおまけよ、と言って水茶屋の女が新しい茶を持って来た。

「おお、ありがとよ。しばらく見ないうちにずいぶんと色っぽくなったが、いい男でもできたのかい」

「そんな男、いる訳ないよ。いやな、五助さん」

「いないなら、わしでどうだい。まだ大丈夫だぜ」

「ふん、お断りだよ」

五助の肩を軽く叩いて女が引っ込むと、水売りは話を続けた。

「そうよ。駄目だったのさ。それから何日か後のことだった。五助さんは力に自信がありそうだが、これを持って振り回せるかい、と言って油桶を下げている天秤棒を指差したんだ。へっ、六尺棒ぐらい軽いもんだ、ちょっと貸してみな、と持ってみたら、やたらと重い。振り回そうとしたら腰がふらつくありさまよ」

「鉄木ですね。あれは重い。あっしも振れませんよ」

「あれは誰も振り回せない代物だ。だが、伊助さんは軽々と振り回して見せて、こう言ったんだ。これで顎を突けば骨が砕けて飯が食えなくなり、胸を叩けば心の臓が停まりますぜ、と。わしは血の気が引く思いがした。いつか足をすくってやろうと言う思いを見抜かれていたんだな。お前なんか、いつでも仕置きできるんだぞ、と告げられたのさ。それからだよ、余計なことを考えずに、水を売り始めた。知らないうちに、伊助兄い、と呼んでいたんだ」

五助は煙管を煙草入れに戻して言った。

「さあ、帰るとするか――」

お天道様に雲がかかり、少し寒くなった。やはり春はまだ先だ。

五

ついこの間まで道を歩くたびに雪がきゅっきゅっと鳴っていたが、融け始めているのか音がしなくなった。あと十日もしないうちに道の雪が消えそうだ。城下の南にある大畑村では福寿草が咲いたと言う話も聞こえてきた。

いつものように安兵衛がもりよしに顔を出すと、飯と汁と菜を載せた盆を持って来た多恵が向かいに座り、こう言った。

「安さん。わたし、お婿さんを取ることになった。お舅さんが腕の立つ気風のいい植木職人がいるから、と決めてしまったの」

「おめでとさん。どんな人だい」

「茂松、二十五」

「植木職人らしい名だな」

「お舅さんが新しくつけた名よ」

舅は植木屋『松が枝』の主の松重だ。

霞露藩の武家の多くは、庭に松を植えている。庭園を持てない禄高の低い武家でも庭に一、二本の松を植えている。商家も武家に倣って松や梅を植えている。松の扱いのうまい植木職人は、春先は剪定に忙しく、秋も深まれば雪に備えての雪吊りに、と引っ張りだこだ。

松重は四、五人の職人を抱えている。数年前に梯子から落ちて太腿の骨を折り、歩くのが困難になったが、弟子の数は変わりない。弟子たちはみっちり鍛えられ、やがて独り立ちする。息子の亥之吉も弟子の一人だった。いずれ松が枝を継がせ、「松重」の名も譲るつもりで厳しく育てたが、それに嫌気が差したのか情婦の元に入りびたり、揚げ句に殺されてしまった。息子は亥之吉しかいなかったため、嫁の多恵の婿に弟子の誰かを迎えて松が枝と松重の名を継がせるつもりのようだ。その婿に真面目な茂松が選ばれたのだ。

「茂三と言う名前だったんだけど、婿入りを潮に茂松に替えるんだって」

「へえ。茂松さんは、いずれは松重さんになるんだ」

「そのようね。ついてはお舅さんが安さんに相談したいことがあるから顔を出してほしいんだって」

「おれに……。おれは役に立たないと思うがなあ」

「聞いてみないと分からないでしょう。どうやら茂松さんの名前の披露をどうするか、と言う話みたいよ」

「分かった。きょうにでも木町の松が枝に行く」

「ところでさ」

多恵は身を乗り出してささやくように言った。

「安さん、わたし、月の障りがないのよ」

「…………」

安兵衛は多恵が言っていることが分からなかった。

(もしかして子ができた、と言うことだろうか……)

「おれが風邪を引いたときか……」

多恵の顔が赤くなった。

「さあ……。わたし、よく遅れるの。今度もそうかもしれないし……」

そう言って多恵は席を立ったが、安兵衛はうろたえるだけだった。

(もしも子ができていたら、おれはどうすればいいんだ。松重さんと茂松さんに頭を下げて

お多恵ちゃんを嫁に迎えるしかない……。お香姐さんには何と言えばいいんだ）

安兵衛はもりよしを出ると、一本松に立ち寄ってから木町の松が枝に行った。

「変な話だが、嫁に婿を取ることになった。うむ、茂松だ。茂松には五年後か十年後に『松が枝』の暖簾と『松重』の名前を継がせるつもりだ。跡取りにふさわしい配り物を作りたいのだ。知恵を貸してくれんか」

「へい。あっしにできますでしょうか」

殊勝にもこう答えたが、安兵衛の耳から多恵の打ち明け話が離れない。

（もしもこのまま茂松さんがお多恵ちゃんの婿になると、おれの子が茂松さんの子と言うことになる。まずいなあ）

考えがまとまらず返事ができないでいると、松重は安兵衛が真剣に考えていると勘違いしたようだ。

「何、いきなりな話なんで、返事は二、三日後でも構わない」

ちょっと間を置いてから安兵衛が思いついたことを口にした。

「手拭いはどうですか」

「手拭いだと――。そんなありきたりの物は駄目だ」

「いえいえ。手拭いを縦に使い、椿橋のたもとにある一本松をどーんと染めるんです。松の葉は青々と茂り、根元に『松が枝　茂松』と入れる」

「うむ。悪くねえな。霞露藩を代表するのは霞露岳だが、霞露のご城下といえば一本松だ。一本松の茂松か。うむ。悪くねえ」

「何本、染めますか」

「百か」

「いつまでですか」

「十日後でどうだ」

「へい、分かりました。藍染の手拭い百本を十日後に」

そう約して辞去した安兵衛の耳に多恵の言葉が甦った。

〈わたし、月の障りがないのよ〉

六

翌朝、一本松に行った安兵衛に伊助が聞いた。

「安、きょうはどっちを回るんだ」

「へい。天和池そばの炭焼きの新吉さんを訪ねてみようかと思っています」

「おう、わしと同じだな。一緒に行くか」

安兵衛が、へい、と答えると、伊助は油桶を下げた天秤棒を担いで歩き始めた。日に日に春めいた暖かさになっている。

「何で新吉を訪ねる気になったんだ」

「いえね、前から新吉さんが気になっていたんです。晴雨考などを考える男の顔を拝んでみたいな、と」

「それだけか」

「もう一つ。器量よしのお末さんのご亭主と聞いたんで、どんな男か、と」

「やっぱりな。五助もお敏姐さんもそうだった」

伊助は声を上げて笑った。

よもやま話をしながら歩いていると、雑木林が見えてきた。七、八割が楢の木だ。幅一間半ほどの道ができている。馬の蹄のような窪みが見える。どうやら炭俵を積んだ馬が通っているようだ。

雪が積もっている道を一町（約百九メートル）ほど行くと、炭小屋と炭窯が目に入った。窯の前に男と女が並んで座っていた。

「邪魔するぜ」

伊助が声をかけると、新吉と末が振り向いた。二人は握り飯を食っているところだった。

「朝飯か。続けな」

「さっき火を入れたところだったんで朝飯が遅くなって……」

末が窯を見て教えた。

「そうかい。忙しいところに来たみたいだな。新吉に会いたいと言う小間物屋の安兵衛を連れて来た」

伊助が安兵衛を引き合わせたが、新吉は軽く頭を下げただけだった。

じっと伊助の顔を見ていた新吉は、焚き口から薪を投げ入れた。

「薪をどんどん入れなきゃないもんで」

こう言うと、小屋に戻って行った。

「ちょっと、新さん、どうしたのよ」

末は新吉に声をかけたが、聞こえなかったのか、小屋に入った。

「どうしたんだろ。きちんと挨拶できる人なんだけど……」

「何か晴雨考のことで思いついたことでもあったんではないか」

伊助が助け舟を出した。

「そうかしら」

末は首をひねっている。

安兵衛も同じ思いだった。

(名乗り合ってすぐ引っ込むのもおかしい話だな)

すぐに新吉が椀を手にして戻って来た。

「伊助さん、これをどうぞ」

「何だ、これは」

「まあ、どうぞ」

安兵衛が見ていると、伊助は疑わしげに一口含んだ。その後、残っていたものを一気に飲み干した。

「うまい」

椀を末に渡しながら新吉に聞いた。

「これは何だ。こんなうまいものを飲んだのは初めてだ」

「これは蜂蜜を白湯で溶いたものです。滋養がたっぷりあります」

新吉は言葉を区切って伊助の顔をまじまじと見つめた。

「伊助さん、近ごろ、体の具合がよくないでしょう」

「……何でそんなことを聞く」

安兵衛の目には伊助がうろたえているように映った。そんな伊助を見るのは初めてだった。

「顔色が悪いんですよ」

安兵衛が首をひねって口を挟んだ。

「親父さんの顔色が悪いって――。新吉さん、そんなことはないですよ」

「安兵衛さんは毎日、伊助さんと顔を合わせているから分からないだけです。お末も分からないと思う。伊助さんと会うのは夜の末広だから顔色までは分からない。伊助さんは毎日外を歩いて日焼け、雪焼けしているから余計分かりにくい。でも、たまに会うわしには分かります。一月前に比べて顔色が悪くなり、肌の張りが少なくなった」

「…………」

「末広で脂の多い熊の肉を出しても少し箸をつけるぐらいで安兵衛さんや兵太郎さんに回すことが多くなった、とお末から聞いています」

末がうなずいた。

「新吉さん、それは親父さんが年を取ったからでは……」

「安兵衛さん、それは違います。伊助さん、胃の腑が悪くなっているのではないですか」

「うむ」

伊助が認めた。

言われてみると、安兵衛には思い当たる節があった。

(胃の腑の具合が悪くていらいらして伊之助さんに厳しく当たっていたのか)

「伊助さん。医者でもないわしが言うのも気が引けますが、このままだと飯も食えなくなると思います。でも、この蜂蜜を毎日飲み続けると、胃の腑も少しよくなると思います。帰りに持って行ってください。なくなったら、取りに来てください。何、修二さんに頼めばいくらでも工面してくれます」

修二は夕時雨村に住む一人マタギだ。末広に熊の肉を届けるのも修二だ。

「ありがとよ。一月《ひとつき》、いや二月《ふたつき》ほど前から胃の腑の調子が悪いのに気づいていた。すぐに治ると思っていたんだが、なかなかよくならないんで困っていたんだ」

「そうでしたか。まあ、気長に蜂蜜を飲んでみてください」

伊助の口元に笑みが浮かんだ。

安兵衛は、病を打ち明けることができずに悩んでいたんだな、と伊助の気持ちを思いやった。

末が安兵衛に聞いた。

「安さん。あんたもきょうは元気がないねえ。何か、あったのかい」

今度は安兵衛がうろたえた。

「いえいえ。何もありませんよ」

「そうかい。でも、何か変よ」

七

数日後――。

安兵衛がもりよしに行くと、飯を運んで来た多恵が向かいに座って神妙に頭を下げて口上を述べた。

「このたび木町の松重の義理の娘多恵が婿を取ることになり、小間物屋安兵衛さんには祝言に出ていただきたい。足の悪いお舅さんが安さんの長屋や一本松に行ってみたそうだけど、会えなかったのでわたしから伝えてくれだって」

「いいのかい。おれみたいのが顔を出して」

「いいのよ。兄貴みたいなものだから、ってお舅さんに頼んだの。もりよしの親父さんと女将さん、伊助さんにも出てもらう」

安兵衛は受けるべきか断るべきか迷った。断るには理由がない。かと言って出るのも憚《はばか》られるような気がした。

安兵衛の気持ちを見透かしたように多恵がささやいた。

「安さん、安心して。遅れていた月の障りがあったよ」

何と答えたらいいのか分からず口に入れた味噌汁をむせて吐き出すところだった。

ごくり、と音を立てて飲んでからやっとのことで小声で答えた。

「そうか。よかったな」

「安さんの子なら産んでもいいかな、と思っていたけど……」

今度はほんとうにむせた。やっと咳き込みが治まってから言った。

「胸に仕舞って置くよ」

「そうね……。茂松さんに尽くすよ」

「それで祝言は、いつなんだい」

「お舅さんから聞いていなかったかい」

「手拭いを頼まれたとき、今月の末とかって聞いたような気がするが、はっきりとは聞いていなかった」

「今月の二十五日（新暦二月十九日）だって。一月の祝言って珍しいな、と思ってたら、仕事が忙しくならないうちにするんだ、とお舅さんが言っていた」

「きょうは二十日だから、五日後じゃないか」

「忙しいの」

「いや。忙しい訳じゃないが、お祝いの品を買いに行く間がないな、と思ったまでさ」

「祝いの品などいらないよ。胸に仕舞った安さんとの思い出だけで十分さ」

「仕入れていた品の中から何か探してみる。気に入る品があれば、いいんだが……」

「ありがとう。何であれ大事にするよ」


その日、安兵衛は仕事に歩きながら、盛岡で買い求めた花巻の人形がいいか、と考えた。仕事を終えて長屋に戻り、仕入れていた品の中から大きな鯛を抱いた童子の人形を取り出した、高さも幅も七寸ほどだ。土人形だからちょっと重い。

花巻は盛岡から十里ほど南にある町だ。ここで五十年以上も前の享保年間（一七一六――三六年）に太田善四郎と言う人物が作り始めたと言われるのが花巻人形だ。合わせ型に入れた粘土を取り出し、乾かしてから素焼きにし、色を塗る。子どもの健やかな成長を祈って作られた童子の人形、雛人形、恵比須や大黒などの縁起物、能や歌舞伎から取った役者の人形などと多彩だ。

桃の節句や端午の節句の一月ぐらい前から売れ始める。よく売れるが、なにしろ土人形のために重く、体の大きい安兵衛でも一度にそんなに数多く買い求めることができない。仕舞っていた鯛抱き童子の人形は、端午の節句が近づいたら売ろうと思っていたものだ。

行灯に火を入れて見ると、童子よりも大きい鯛は鮮やかな赤だ。色白の童子はぷくぷくしている。

(お多恵ちゃんの子どもならこんなかわいい子だろうな)

安兵衛は茶碗を持って来て濁り酒を注ぎ、もりよしで買って来た煮物を肴にちびちび飲み始めた。

翌日、多恵に手渡すと、いとおしそうに花巻人形を撫でた。

「めでたいの鯛ね。こんな元気な子どもを産みたいね。安さん、ありがとう。大事にするよ」

祝言は木町の松が枝で行われ、もりよし夫婦と油売りの伊助、小間物屋安兵衛、松が枝の両隣の親父が呼ばれ、松が枝の主夫婦、多恵の母親の敏、茂松の弟弟子四人が顔をそろえた。簡素な祝言だった。

終わると、伊助は敏と安兵衛を誘って一杯飲み屋『末広』に行き、盃を挙げた。

苦労して娘を育てた敏は、祝い酒に酔ったようだ。

「こうして多恵が祝言を挙げることができたのも伊助兄さんのお蔭だよ」

伊助に何度も頭を下げた。

「わしは何の役にも立っていないが、本当によかった」

伊助は胃の腑の病などなかったように敏の酌を受けた。

敏は安兵衛にも酒を勧めて思い出話をした。

「多恵は小さいころ、安さんのお嫁になりたい、と言っていたの。一度や二度ではなく何度も言ったものよ。わたしもそうなるかなと思っていたけど、人の縁って分からないねえ」

「茂松さんは真面目な人ですからお多恵さんも幸せになるんじゃないですか。ならなきゃ駄目ですよ」

客を送った末が新しい酒と肴を持って来て話に加わった。

「そういえば、安さん。ここ二、三日で何か変わったことがあったのかい」

末が聞くと、安兵衛は酔った目を向けて、何が、と聞き返した。

「何がって、この間、新吉さんのところに来たとき、元気がないと言うか、心ここにあらずと言うか、何か落ち着きがなかったんだけど、きょうは元に戻っているからさ、何があったんだろうと思って……」

（お多恵ちゃんの月の障りがなかったから、なんて言えないじゃないか）

「何もありませんよ。普段通り」

「下司の勘繰り、大年増の勘繰りを言えば、新吉さんのところに来たとき、安さんはお多恵さんを茂松さんに取られると思って気持ちが揺れ動いていたんじゃないの。ところが、きょう祝言が終わってすっかりあきらめがついた、と思ったのさ」

安兵衛は右手を目の前で、いえいえ、と左右に振ったが、敏が身を乗り出した。

「本当かい、安さん。だったら、早く言っておくれな。多恵には桜坂のことは黙っていて、安さんのお嫁になりなよ、と勧めたのに――」

「お敏姐さんまで何を言っているんですか。お多恵ちゃんは妹のようなものですよ。お末さん、酒を注いでおくれ」

「あいよ。ふられた自棄酒《やけざけ》ね」

女二人は声を上げて笑った。

この日、一月二十五日（新暦二月十九日）は、天明九年から寛政元（一七八九）年に改められた日だった。

遠州の茶杓

一

奥州霞露《かろ》藩の城下のほぼ真ん中に一本の大きな赤松が立っている。

一本松の向こうには、なだらかな山容の霞露岳が見える。

青空を背にした山の中腹には馬の形をした雪形が現われている。雪形を見た百姓たちは、浮き立つ思いで田植えの支度を始める。待ちに待った春がやって来たのだ。

この日の朝も一本松の下に棒天《ぼて》振りや担ぎ売りの男たちが集まっていた。

水売りの五助や青物売りの鶴三、川魚売りの正吉、納豆売りは、お天道様が上がる前に一仕事終え、のんびりと莨《たばこ》をのんでいる。油売りの伊助や鋳掛《いかけ》屋の治助、小間物屋の安兵衛、莨《たばこ》売りお敏姐さんたちが動き出すのはこれからだ。みんな気のいい連中だ。

一仕事終えた者もこれから出る者も一緒になって世間話をしている。

若い安兵衛も話の輪に入っていると、名を呼ばれた。伊助の声だ。

行くと、伊助は黒光りする六尺棒を磨きながら、脇にいる婆さんを見て言った。

「お寅婆さんが安に用があるってよ」

寅は桜坂に住む香《こう》と言う名の囲い者の世話をしている。

「奥さんが頼みたいことがあるから来てほしいとさ」

来てほしい時刻を告げると、寅はさっさと帰った。

「何だ、こっちのつごうも聞かないで」

安兵衛がぶつぶつ文句を言うと、伊助が笑った。

「お香姐さんの頼みなら聞かない訳には行かないだろう」

安兵衛が年に数回、香の家に泊まりに行っていることを知っている伊助がさらりと言った。

「確かに……。それにしてもお寅婆さんを使いに寄越す用とは……」

半分独り言になっていた。あらぬことを考え、下帯の下がうずいた。

安兵衛は二十一歳。香は五つ年上だった。


言われた刻限に桜坂の家に顔を出すと、香はよそ行きの着物を着て待っていた。

「市古堂の大旦那様に勧められて、一月ほど前から活け花を習っているの」

香を囲っている古着屋『市古堂』の大旦那は、還暦を迎えた。

「師匠は、安さんも知っていると思うけど、白藤屋の大旦那さん」

造り酒屋『白藤屋』は『霞乃露《かすみのつゆ》』と言う諸白《もろはく》（清酒）を造っている。大旦那は金兵衛と言う。四、五年前に息子に家督を譲ったと言う噂だ。

「へい、知っていますが、名前だけでさ。この霞露の町で白藤屋を知らない男衆はいないと思います」

香はくすりと笑ってうなずいた。

「確かにね。男衆はみんな、酒が好きだから。お寅さん、行って来るよ」

寅に見送られて家を出た。香は背丈が五尺二寸もあるが、五尺六寸と大きな安兵衛と並ぶとずいぶんと小さく見える。

香の半歩後ろを歩きながら聞いた。

「その白藤屋の大旦那がどうかしたんで」

「この間のお稽古のとき、南部藩の盛岡に行って商いできる人を誰か知らないか、と聞かれてね。すぐに思いついたのが安さん。時折盛岡に行って品を仕入れている、気持ちのさっぱりした小間物屋ですよ、と教えたら、今度の稽古のときに連れて来てくれないか、と頼まれてね」

「どんな用なんですかね」

「さあ、詳しく聞かなかったけど、活け花の道具のことじゃないの」

「おれは活け花のことは、まったく分かりませんよ。そんなおれでは役に立ちません」

「まあ、そう言わないで。まず会ってよ」


白藤屋の通用口をくぐったとたん、酒の匂いがしてきた。

「白藤屋さんの桶は十石桶だそうよ。一度見せてもらったけど、すごく大きいわよ」

香の話では、白藤屋金兵衛が跡を継ぐ前は、酒造り桶は八石桶だったが、金兵衛は百日稼ぎ（出稼ぎ）に行った先の関東で覚えた技を生かし、跡を継いですぐに大きな十石桶に替えたそうだ。

百年ほど前までは、酒は新酒、間酒《あいしゅ》、寒前酒《かんまえざけ》、寒酒《かんしゅ》、春酒《はるざけ》と年に五回も造られていたが、幕府は延宝元（一六七三）年に寒酒以外の酒造りを禁じた。酒造りには大量の米を必要とする。不作や凶作が続くと、米の値段が高くなって酒造用の米の確保が難しくなるからだ。余計な黴《かび》が繁殖しにくい極寒期の寒造りには、良質の酒を造れる利点がある。

白藤屋の先々代が酒造りを始めたころには、寒造りの一回だけになっていた。三代目の金兵衛が桶を大きくし、儲けも増えた。

寒造りは厳しい冬に酒を仕込む。冬は酒の原料となる米が収穫された直後であり、農作業が終わった百姓の手が空く時期だ。酒造りには多くの人手が必要だが、この時期は人手には困らない。杜氏《とうじ》を頭とする酒造り集団が各地から江戸などに出稼ぎに行く。越後や越前、丹波、但馬、出雲などの杜氏が引っ張りだこだ。奥州では南部藩の南部杜氏の名が知られているが、霞露の百姓たちも確かな腕を持っている。若いころの金兵衛も杜氏見習いとして関東に行って腕を磨いたと言う話だ。

金兵衛は先代が病に倒れたのを潮に百日稼ぎを止めて、跡を継いだ。白藤屋を継いで何年もしないうちに霞乃露を売り出した。これが当たった。百日稼ぎで腕を磨いた賜物だった。

通用口から稽古場になっている離れに行くまでに目に入った松や梅などの庭木は、どれも手入れが行き届いている。安兵衛がきょろきょろして香にたしなめられたほどだ。

どこかから何人かの子どもの声が聞こえてきた。

「ひとつ、あきんどは、しょうじきであること」

「ひとつ、あきんどは、よくをかかないこと」

白藤屋の丁稚《でっち》のようだ。大きな声で繰り返している。

「白藤屋さんの手習い所よ。初めに、みんなで商人の心得を唱えるの。それが終わると、算盤《そろばん》や手習いをするようね」

白藤屋のような大店になると、店内に手習い所を設けて武士や神主や僧侶を雇い、丁稚たちに商いの基となる読み書き算盤を仕込んでいる。

「丁稚たちに習わせている商人の心得は、白藤屋の大旦那さんが常日ごろ、口を酸っぱくして教えている心構えなの。でも、肝心の丁稚たちは誰に教わったのか、陰で『きょうの仕事は明日に伸ばせ』とか、『明日の仕事をきょうするな』とか、言っているそうよ」

こんなことを笑って教えた香は、丁稚たちの声を背中に聞きながら離れの一室に入った。

香に続いて安兵衛が入ると、稽古場ではどこかの娘二人と内儀一人が花を活けていた。

香は師匠に挨拶し、安兵衛を紹介した。

「松風軒《しょうふうけん》です」

こう言った白藤屋の顔の色艶がよく、四十代の前半に見えた。

(隠居するには早いのでは……)

「安兵衛さん。松風軒と言うのは華号なのよ。お師匠さんの名前は松風軒霞岳《かがく》と言うの。そう、霞露岳にちなんで京の偉い先生がつけてくれたんですって」

「お香さん、きょうはこれを活けて」

香は松風軒に一礼し、用意されていた六、七本の桜と銅の花器に向き合った。

「安兵衛さん。お香さんから聞いているかもしれないが、頼み事と言うのは盛岡に行ってい
くつか品を買って来ることだけど、いいかい」

「へい。面倒な買い物でなければ行って来ますが……」

「そうか。ありがたい。詳しい話は、稽古が終わってからにしよう。それまで待ってくれな
いか。何、じきに終わる」

「へい」

松風軒は、先に稽古に来ていた二人の娘のそばに座り、あれこれ教え始めた。

「お師匠さん。終わりましたが、どうでしょうか」

こう言ったのは、五十に近いどこかの内儀だ。

「塩倉屋さんは、いつもながら大きな花を活ける。いいですな。軒号をもらえるように京に
手紙を書いて送ります」

「軒号ですか。ありがたいお話で」

「うむ。わしも亭号を願い出るつもりだ」

松風軒が教えている活け花の流では号が四つある。初伝を授けられた者には館号、中伝に

は斎号、奥伝には軒号、皆伝には亭号が許される。教える者の匙加減によって早く上がることもある。匙加減の有無はともかく相応の掛かりが必要だ。白藤屋は四、五年前に軒号を取り、同時に塩倉屋の内儀が斎号を取れるように取り計らった。もちろん入門したばかりの香が館号を取れるのは、まだ先のことだ。

花を活ける香を見ていた安兵衛の耳に、松風軒と内儀のやりとりが入ってきたが、何の話かまったく分からなかった。分かったのは、塩倉屋が城下でたった一軒の塩問屋と言うことだけだった。

娘二人は活け終わったらしく、松風軒から手直しを受けた後、花を花器から外して油紙に包んで帰り支度を始めた。

香が長い桜を手にして師匠に聞いた。

「お師匠さん、『天』の高さはこれいいでしょうか」

「うむ。あと一寸低くてもいい」

香が活けている花器は、薄端《うすばた》と言う銅器だ。この中に糸できつく縛った藁を入れている。この藁を込み藁と言う。きつく縛るのは、活けた花木がぐらぐら動かないようにするためだ。活け花の歴史は、活けた花木が動ないようにする留め方の歴史ともいえる。

安兵衛が見ていると、香は手にした桜を力を入れて込み藁に挿した。

稽古をしていた三人が帰ると、松風軒が安兵衛を呼んだ。

「待たせた。盛岡町の肴町にある『茄子屋《なすび》』に行って花を活ける籠を買って来てくれないか」

茄子屋は茶道具を主に扱っている。十万石の大藩の南部藩には裕福な商家が多く、茶の湯や活け花を楽しむ旦那衆や妻女が増えている。とりわけ活け花は、奥州の各藩の中でもっとも盛んだと言われ、茄子屋はさまざまな花器や花鋏をそろえている。

安兵衛も一、二度、茄子屋をのぞいたことがあるが、茶の湯や活け花に疎くてすぐに出て来たことを覚えている。

松風軒は籠を手に取って教えた。

「買って来てほしいのは、このような籠だ。ああ、もちろん、この籠に直《じか》に花を活けるのではない。この籠の中に『落とし』と言う竹や銅の筒を入れて、それに花を活けるのだ。わしは花入れの籠を二つしか持っていない。これとは違う形の物をもう二つ、三つほしい」

「大旦那様、この霞露藩の中にも竹細工を生業とする家が何軒かありますが、それでは駄目なんですか」

「お香さんが紹介してくれた人とあって、いいところを突いてくる」

松風軒がちらりと香を見た。

褒め言葉と聞いた香は、口元にうれしそうな笑みを浮かべた。

「駄目なんだ。理由《わけ》がいくつかある。一つは霞露の竹細工は暮らし用、農家用の物であって花入れを作ったことがない。この籠を持って行って、これと同じ物を作ってくれ、と言えば作ってくれると思う。しかし、これまで作ったことがないから味わいのない籠になるだろう。二つは青々とした花籠になると思う。わしがほしいのは作って十年以上の物だ。何十年も経って飴《あめ》色になっていると、なおいい。深みのある花籠に活けると花が映える」

「へい、分かりました。分かりましたが、あっしは活け花の道具を扱ったことがないので、大旦那様の気に入る花入れを仕入れることができるかどうか」

「大丈夫。茄子屋に文を送っている。いくつも用意してあるはずだ。その中から安兵衛さんが気に入った物を二つ、三つ選んできてほしいのだ。迷ったら、四つでも構わない」

「大旦那様が茄子屋に行って選んで来るのが一番いいような気がしますが……」

「その通りだ。わしが行くのが一番いい。だが、わしは銭もないくせに欲張りでね。見た花入れをみんなほしくなるに決まっている。だから、誰かを使いに出して選んでもらうのがいい、と思ったのだ」

「何とか、大旦那様のお気に召すような籠を持ち帰ります。でも、何であっしなんですか」

松風軒は香の手元を見た。

「お香さん、『人《じん》』もちょうどいい高さだ」

安兵衛の方を向き直って言った。

「おお、そのことかい。安兵衛さんには申し訳ないが、誰でもよかったんだ。初めは倅に聞いてみたんだが、忙しいから半日も奉公人を貸せません、と言われてね」

安兵衛が怪訝な顔をしたのを見て松風軒が教えた。活け花の師匠から蔵元の隠居の顔になっている。

「安兵衛さんは、酒造りは冬場の仕事、この時期は暇なはずと思ったようだが、確かに倅が言う通り忙しい時期なんだ。白藤屋は酒米から霞乃露を造っている。今は酒米の田植えの準備に追われているのだ。わしは誰よりもよく知っているのだが、年を取ると気が短くなってねえ。家に迷惑をかけずに花籠を早く手に入れるには、誰かに頼むしかない。そこで何人かの弟子に南部藩に行ったことのある人を知らないか、と聞いたんだ。挙がった名前が安兵衛さんだったんだ」

安兵衛が香を見ると、桜を活けるのに心を注いでいるのか白藤屋の話は聞こえていないようだった。

「へい、分かりました。お引き受けしました。これから大龍寺に行って手形を書いてもらいます」

大龍寺には安兵衛の両親《ふたおや》の墓がある。安兵衛はいつも大龍寺の住職に往来手形を書いてもらっている。

「まだ用がある。弟子に頼まれていた池坊鋏を五丁買って来てほしい。それから、遣り手の茄子屋のことだ。あれこれ売りつけて来ると思う。品と値を見て取り計らってくれ」

「へい」

寛政元（一七八九）年四月初め（新暦四月下旬）のことだった。

二

安兵衛は、南部藩盛岡町の茶道具屋『茄子屋』で白藤屋金兵衛に頼まれた花籠四つと池坊鋏五丁を買い求めたほか、茄子屋の主に勧められて象牙の根付も買った。犬の毛並のきれいな根付だった。茄子屋は、白藤屋は犬の根付に目がないから言い値で買うはずだ、と言って指を三本立てた。値が張ったが、白藤屋が買い取ってくれなくともよそで捌《さば》ける自信があった。

茄子屋はもう一つの品を勧めたが、十両（百万円）と高過ぎて手が出なかった。と言うよりも、安兵衛にはその品の真贋が分からず、手を出せなかったのだ。

仕入れた品を持って白藤屋の通用口をくぐったのは、四月十五日（新暦五月九日）だった。離れの活け花の稽古場からにぎやかな声が聞こえてきた。

案内してくれた袖と言う女中が教えた。

「二月《ふたつき》に一回の旦那衆の寄合です。と言っても、冬の間は休むので年に四回ほどの寄合ですよ。きょうは今年初めての寄合。集まっているのは、塩倉屋さんと近江屋さんと大旦那さんの三人。なんでも『数寄者《すきしゃ》三人衆』とか言って自慢の品を持ち寄って品定めをしているんです。いつも寄合の始まりはにこにこ静かですが、おしまいのころは大声で相手の品をけなし合うのが常です。いい大人が銭に飽かせて買い求めた品の自慢ですからねえ。みっともない話ですよ。あっ、これは、ここだけの話。独り言、独り言……」

塩倉屋は塩を商っている。海がなく、塩を作れない霞露藩は、南部藩野田通りの野田村から塩を買い付けている。野田の牛方が一端綱《ひとはづな》、六、七頭の牛の背に塩を載せて運んで来る。

野田では塩一升が米一升だが、一山越えると塩一升が米二升になる。海から遠く離れた霞露町でも野田の塩は高価な貴重品だ。それだけに塩倉屋の儲けは大きい。

儲かっているが、主の十左衛門には自儘に遣える銭は少ない。入り婿だからだ。武家の出をやたらと言いふらし、商人仲間にもめったに頭を下げない。けちで気位だけ高いと言う評判だ。

近江屋は古着商だ。主の長八郎は呉服町に店を構え、手広く商いをしている。若いころに江戸に出て商いの仕方を学んだ商人だ。商売熱心だが、女好きでも知られている。五十になったが、去年、二十歳を過ぎたばかりの若い妾を作ったと言う噂だ。娘のような妾は、きれいに洗い張りして縫い直した着物も、古着はいやだ、と袖を通そうともしない。妾の機嫌を取ろうと、古着を売った銭で新しい着物を仕入れては貢いでいると言う話が絶えない。

袖が安兵衛を通すと、白藤屋は、待っていた、と言って花籠を部屋に持ち込もうとした。

「大旦那様、あっしが運びます」

「頼む」

「大旦那様。寄合が終わったら見てほしい物がありますんで」

「何だね」

「へい。犬の根付で」

「分かった。寄合が終わるまで待ってくれ」

犬の根付と聞いて白藤屋の目が輝いたように見えた。

安兵衛が飴色をした花入れを言われた場所に置いたのを潮に品定めが始まった。

袖が話したように寄合は静かに始まった。言葉が聞き取れないほどだったが、やがて一人の大声だけが聞こえてきた。

三人衆がいる部屋から少し離れた場所に控えていた安兵衛は、その声が会ったこともない塩倉屋十左衛門のような気がした。

思わず耳をそばだてる。

「白藤屋。その花入れはどれも風格がないな」

「塩倉屋さん。あなたの目は何を見ておりますのや。鼈甲《べっこう》色にも近いこの飴色は、なかなか出ない良品ですよ」

「そうかな。どんな花を活けてもお互いに殺し合うだけだな。近江屋、この茶碗は――」

分が悪いと見たのか、声高な旦那は矛先を近江屋に向けた。

障子が開く気配がした。

安兵衛が顔を上げると、赤い顔をした白藤屋が立っていた。

「安兵衛。犬の根付を買って来たと言っていたが、見せてくれ」

すぐに出せるように布に包んで懐に入れていた根付を白藤屋の前に置いた。

「江戸の彫り師が丹精込めて彫った狆《ちん》です」

茄子屋が言った通りの説明をすると、白藤屋の強張った顔が緩み、笑みを浮かべて部屋に戻った。

白藤屋の声が聞こえてきた。

「その花入れも良品ですが、実はもっといい象牙の根付も手に入れていたんです。ご覧ください」

「おお、これはいい。さすが白藤屋さんだ。犬の根付を見る目が高い」

(これは近江屋の声だな)

「うむ。花入れよりもましだな」

(これは塩倉屋だな。いい品だと褒めればいいのに……)

そこに袖が若い女中二人を連れて膳を持って来た。どうやら袖は女中頭のようだ。

「安兵衛さん。あの塩倉屋さんの態度にあきれたでしょう。いつもああなんです。と言うよりも昔からああなんです」

「昔から？」

何で知っているのか、と聞こうとしたとき、白藤屋が手を叩いた。

入って来い、と言う合図のようだ。

袖と女中は膳を運び、三人の数寄者の前に置くと、酒を勧めた。

「うまい。実にいい酒だ」

(近江屋だな)

「十左衛門様、どうぞ」

(お袖さんの声だ)

「袖か。しばらくだったな」

「はい。十左衛門様、お達者なようで何よりでございます」

「うむ」

(お袖さんと塩倉屋は、どんな間柄なんだ)

半刻（一時間）ほどすると、ほろ酔い加減の近江屋と塩倉屋が帰って行った。

「安兵衛。待たせたな。根付には助けられた。あの犬の根付を出さなかったら、塩倉屋はいつまでも花入れの悪口を言い続けたに違いない」

「塩倉屋さんは、いつもああなんですか」

「お武家の出であることをひけらかせてばかりだ。まあ、それはいい。花入れ、池坊鋏は前もって言った通りの値でいいな」

「へい」

「根付は、いくらだ」

「へい。ちょっと値が張ったんですが、六両（六十万円）でどうでしょう」

茄子屋の主が「犬年生まれの白藤屋さんは犬の根付を集めている。少々高くても引き取るはずだ」と言っていたことを思い出して言った。

「安い買い物だ」

白藤屋は安兵衛の前に花籠代と鋏代とは別に七両を置いた。

「六両は根付、一両は旅籠代に通行手形の書き賃だ」

根付で儲けたと踏んだのか、礼金はなかった。

(根付で儲けたからいいけど、意外と渋いな)

安兵衛は金を受け取り、実は、と言葉を続けた。

「実は、茄子屋さんにもう一つ勧められた品があるんです」

「何だ」

「へい。あっしには何のことだか、よく分からなかったんですが、小堀遠州の作と言われる茶杓を十両でどうだ、と」

「何だって。伝小堀遠州作の茶杓だ、と」

「へい」

「買って来たんだろうな」

「いいえ。あっしは茶の湯や活け花の道具の目利きをしたことがないので、伝小堀なんとかが本物か偽物か分かりません。偽物であれば、大旦那様かあっしが損をします。それに手元に十両もの大金がありませんでした……。そんな訳で茄子屋さんには白藤屋さんと相談しますんで、それまで取って置いてください、と頼んできました」

「そうか。分かった」

こう言って白藤屋は、腕組みして何か考えていた。

「安兵衛。田植えが済んだら、わしが盛岡に行って茶杓を見て来る。本物のようだったら、二月後の品定めの寄合に出してみる」

三

二月後の六月十五日（新暦七月七日）――。

白藤屋の離れで数寄者三人衆の品定めが行われていた。

安兵衛は白藤屋に呼ばれて品定めの部屋の隣に控えていた。

（伝小堀遠州とか言う茶杓で塩倉屋の鼻を明かすところを見せたいのだろう）

呼ばれた訳を、こう見当をつけていた。

塩倉屋十左衛門は買い求めたばかりの瓢箪の茶入れ、近江屋長八郎も手に入れたばかりの井戸茶碗、白藤屋金兵衛も盛岡に行って大枚をはたいて買った伝小堀遠州作の茶杓を出した。

三人はそれぞれ集めている品が違う。一番年上の五十六歳の塩倉屋は茶入れ、五十歳の近江屋は茶碗、一番若く、犬年生まれの四十八歳の白藤屋は犬の根付を集めている。

※

一月ほど前の五月半ば（新暦六月上旬）、白藤屋を訪ねた安兵衛を捕まえて白藤屋が教えた。

――いい年をして数寄者三人衆などと粋がっているが、三人とも若いころに江戸に出ていたときに、それぞれの品のよさを知ったのさ。

塩倉屋さんは横沢十左衛門だった二十四のとき、参勤交代の随行を命じられた。横沢家には大変な誉れだが、父親はわずか五十石取りだった。息子を江戸に出すゆとりはなかった。

「父は三男のわしのために金策に走り回り、江戸から帰った後、入り婿となることを条件に塩倉屋から金を借りた。江戸屋敷に勤めていたときにたまたま藩主ご愛用の茶器を見て、とりわけ茶入れの美しさに惹かれた。以来、いつか、さまざまな形の茶入れを手に入れたい、と思うようになった」と近江屋さんとわしに話したことがある。もっとも塩倉屋さんが集めているのは茶入れだけでなく、値の張りそうなものなら何でも手に入れたがるところがある。

茶入れの美しさに引かれたと言う話を聞いた近江屋さんも「わしも似たようなもので……」と話し出した。「商いの見習いに行っていた江戸の大店は、お得意に抹茶を出すことが多かった。番頭に言われて茶を運ぶたびにいろんな茶碗があることを知って、いつか、いい茶碗を手に入れてそれで茶を飲みたい、と考えるようになった」と打ち明けた。もっとも近江屋さんは、「わしは茶碗も好きだが、女も好きでね。茶碗よりも女に金をかけてしまった」と笑い飛ばした。

わしが根付を集めるようになったのは、近江屋さんと同じで江戸がきっかけだ。二十歳前から毎年秋の終わりに上総に杜氏見習いで百日稼ぎに行っていた。寒造りが終わると、江戸に立ち寄って帰って来るのが常だった。その江戸で鯔背《いなせ》な兄さんが身につけている根付に目を奪われた。あれこれ集めてもきりがないと思い、わしは犬年生まれなので犬の根付に絞って集め始めたのさ。とは言っても、近ごろは花入れを買い集めているため、犬の根付まで銭が回らない。

わしが活け花と出合ったのも上総の酒蔵だ。そこの娘さんが活け花を習っていたんだ。きれいな娘さんだったな。活け花を初めて見たとき、仕事の疲れも吹き飛ぶような気がした。いつか習いたいと思っていたが、習い始めたのは白藤屋を継いでからだ。だから、持っている花入れの数も少ないし、まだ軒号だ。早く亭号を取りたいのだが……。

塩倉屋さんと近江屋さんと和気藹々《わきあいあい》と話ができたのは、品定めを始めた当初だけのことさ。近江屋さんがにこにこ笑っていい茶碗を持って来ると、そのたびに塩倉屋さんは不機嫌になる。言ってはいけないことだが、入り婿の塩倉屋さんには自在に遣える銭がなく、やっかんでいたのだ。わしか。わしが集めている根付は、近江屋さんの茶碗に比べてそれほど値が張らないので、塩倉屋さんの槍玉に挙げられることは少なかった――。

※

「きょうもお集まりいただき、ありがとうございます」

白藤屋の挨拶で品定めが始まった。

「きょうは塩倉屋さんが最初です」

塩倉屋は鶴首の茶入れを出した。

「備前焼だ。赤褐色の肌合いがいいし、この暗い黄色の自然釉がまたいい」

もちろん離れている安兵衛には見えなかったが、ふんぞり返った塩倉屋が見えるようだった。

「うむ。これはいい茶入れだ」

「塩倉屋さんの持つ茶入れの中でも三本の指に入るのでは」

近江屋と白藤屋の世辞が聞こえてきた。気をよくした塩倉屋の自慢話が続いた。

やがて、次は近江屋さん、と白藤屋が促した。

「はい。わしは井戸茶碗を手に入れました」

「おお、これは素朴な味わいのある茶碗で」

（これは白藤屋さんの声だ。塩倉屋さんの声はない。塩倉屋さんはさっきお世辞を言われたので遠慮しているのか）

しばらくしてから白藤屋の声が聞こえた。

「おしまいは、わしで。わしは伝小堀遠州作の茶杓を持ってまいりました」

「何と、小堀遠州だと」

（近江屋さんだ。すごい驚きようだ。あの竹の茶杓がそんなにすごいのか）

「近江屋。小堀遠州作ではない。伝小堀遠州作だ。そこを間違えるな」

「は、はい」

「まあ、わしが見たところ、まずまずの出来だな。だが、伝小堀遠州作と言うのも分かる」

「白藤屋さん。これはどこで手に入れたんで。万屋ですか」

万屋は霞露の城下にある小間物屋だ。

「いいえ。霞露の町内ではありません」

「南部藩ですか。盛岡ですか」

「近江屋さん、そこは分かるでしょう」

「いくら、しました」

「近江屋さん、それも勘弁してください。だいたい分かるでしょう」

近江屋に手を焼いたのか、いつもより少し早く白藤屋が手を叩いた。

安兵衛のそばに来ていた女中頭の袖が、はーい、ただいま、と声を張り上げて返事をした。

いつものように袖と女中二人が膳と酒を持って部屋に入った。

「五月になって少し暑くなってきたのできょうの酒は冷やでどうぞ」

酒は季節によって冷やで飲んだり、燗をして飲んだりする。江戸では冷やし具合や燗の付け具合で『花冷え』『冷や』『人肌燗』『ぬる燗』『熱燗』などと呼ぶそうだが、霞露の酒飲みは冷や、ぬる燗、熱燗しか知らない。

この日、白藤屋が二人に勧めた冷やは、樽から酌んだばかりの酒だ。

「澄んだ酒が五臓六腑に沁み渡るな」

(喉を鳴らして飲んでいるのは塩倉屋さんか)

「うむ。ほのかに杉の香がする。霞乃露はいつ飲んでも上品な味だ」

(近江屋さんはじっくり味わっているようだ。杉の大桶の香が酒に移ったのを楽しんでいる)

安兵衛は、数寄者三人衆の品定めの場が持ち回りではなく、いつも白藤屋で行われているのをおかしいと思っていたが、このやりとりを聞いて、ただ二人が霞乃露を存分に飲みたいからだ、と納得した。

半刻後、近江屋が帰った。いつも塩倉屋も一緒に腰を上げるのだが、この日は違った。

塩倉屋から下がるように命じられたと言って袖と女中二人も部屋から出て来た。

塩倉屋と白藤屋の二人になった部屋から酒に酔った大きな声が聞こえてきた。

「白藤屋。あの茶杓、五両でわしに譲らんか」

（こんな大声を出して——。お袖さんたちを下がらせた意味がないではないか）

安兵衛は苦笑しながらだみ声を聞いた。

「塩倉屋さん。冗談はやめてください。わしはもっと高い金を出して、やっと手に入れた品ですよ。売ってほしいなら、せめて三十両は出してもらわないと……」

「五両でだめなら、八両出そう。あの茶杓はわしの持つ茶入れにふさわしい」

「塩倉屋さん。勘弁してください」

「八両だぞ、八両。わしに譲れ」

「塩倉屋さん。大分酔ったようですので、きょうはお帰りください。おーい、お袖、籠を呼んでおくれ」

「わしに譲れ」

「三十両、耳をそろえてここに出したら、譲ります。八両で売ったら、わしは大損です。塩倉屋さんも立派な大店の旦那なら、この理屈は分かると思いますが……」

走って来た奉公人が「籠が来ました」と伝え、塩倉屋はしぶしぶ帰って行った。

「袖。塩を撒いておくれ。あ、止めた。塩を撒くなんてもったいない。塩倉屋を儲けさせるだけだ」

白藤屋は声を上げて笑った。

「安兵衛。無様な姿を見せてしまったな」

安兵衛は首を横に振った。

「三十両、持って来ると思うか」

いいえ、と首をまた横に振った。

「そうだな。持って来る訳がない。このまま諦めてくれればいいのだが……」

白藤屋の不安は、半月後に的中した――。

四

香の身の回りの世話をしている寅婆さんが言付けを持って一本松にやって来た。

大きな赤松の向こうに見えるなだらかな山容の霞露岳から雪が消え、深い緑色の山に見える。

「白藤屋の大旦那が用があるそうだ。白藤屋の用が済んだら桜坂にも寄ってほしい、とさ」

安兵衛に言付けを伝えると、いつものように、ひょいひょい、と飛ぶように歩いて帰って行った。

白藤屋の通用口から入り、すっかり顔なじみになった袖に用向きを伝えると、話を聞いていたらしく、安兵衛を離れに案内すると、すぐに大旦那を呼んで来た。

「いつも忙しいところ、呼び立てて済まない。実はあの茶杓がなくなったんだ」

「えっ。伝小堀なんとかと言う茶杓ですか」

「そうだ。茶の湯をたしなむ旦那衆に見せようと思って仕舞っていた茶箱を見たら、茶杓だけがなくなっていたんだ」

「茶杓だけが――」

「そうだ」

「その茶箱に仕舞っていることを知っているのは、大旦那様のほかに誰と誰ですか」

「誰と言われても……。みんな知っている。婆さんに倅夫婦はもちろん、番頭も手代も女中たちも知っている。人様の物に手をつけるような者はいない」

そこに袖が入って来た。

「お茶をお持ちしました」

「霞乃露でもよかったのに……。安兵衛さん、諸白《もろはく》（清酒）を一口、どうだい」

「お天道様が上がったばかりですので折角ですが……」

そう答えながら茶を出す袖を見た。あかぎれに効く薬も売っている安兵衛は、水仕事をしている女衆《おなご》の手を見る癖がある。袖は水仕事もしている割に肌が荒れていなかった。

（お袖さんは四十になったか、どうかの年だが、きれいな手をしている。酒粕を使っているからなのだろうか）

そんなことを考えて見ていたら、袖の指先がかすかに震えていることに気づいた。

（長年、仕えているはずだから、大旦那の前で緊張するはずはないのに……）

「そうかい」

「外から誰か忍び込んで盗んだ、と言うのではないのですか」

「忍び込んだ形跡もない」

「すると、言いたくないのですが、家内の人物と言うことになりますね」

「そう言うことになるな」

そっと袖に目をやると、心なしか青ざめているように見える。

「旦那様、あっしに少し時をくれませんか。少し考えてみます」

安兵衛は茶を飲むと、白藤屋を出て桜坂に向かった。


「もう白藤屋に行って来たのか」

寅婆さんが白湯を出しながら聞いた。

「意外と早く用が済んだんでさ」

香が顔を出した。

「おや、安兵衛さん。しばらくだったねえ」

「へい。あんまり顔を出さないと、忘れられると思って来ました」

「そうだよ。まめに顔を見せておくれよ」

「姐さん、きょうのご用は」

「白粉《おしろい》と白粉刷毛《はけ》を。それと紅と紅筆もね」

へい、と返事をし、上がり框に置いた木箱を開けながら聞いた。

「姐さん、教えてほしいことがあるんでさ」

「なんだい」

「白藤屋さんの女中頭のお袖さんは、どこの出の人か、知ってますか」

「お袖さんは弓町に住む中間の娘と聞いたことがあるよ」

そうですか、と言って品を香の前に並べた。

「きょうだいは」

「確か五人きょうだいのはずだよ。女四人に男一人。一番上がお袖さんで一番下が男さ」

「弟は何をしているんで」

「諏訪町の横沢家の中間なはずだよ」

「横沢家ですって」

「そう。塩倉屋さんの旦那のご実家」

こう教えながら、香は財布から銭を出した。

(塩倉屋さんは横沢家の出……。お袖さんの弟は横沢家の中間……)


夕方、一本松に行った安兵衛は、伊助を探した。

まだ戻っていなかったが、すぐに姿を現した。

「明るくなってきたためか、近ごろはあまり油が売れないな」

珍しく伊助がぼやいた。

そこに水売りの五助が帰って来た。

「五助、わしに水を一杯、おごってくれ」

あいよ、と応えて五助は、伊助と安兵衛に砂糖を入れた水を差し出した。

「うめえ。疲れが吹き飛ぶぜ」

安兵衛も一気に飲み干した。

「親父さん、五助兄い。ちょっと話を聞いてほしいんだけど」

白藤屋の茶杓盗難の話をした。

「伝小堀遠州作か。一度お目にかかってみたい品だな」

「親父さん。分かるんですか」

「分かりはしないよ。ただ小堀遠州のような武将だったら、さぞかし優美な茶道具だろうな、と思ったまでよ」

「どんなお人だったんで」

「豊臣様にも徳川様にもお仕えしたはずだ。徳川様の幕府になってから作事奉行や伏見奉行も務めている。茶の湯の遠州流の流祖だ。確か三代将軍様の茶道師範もなさったはずだ」

「へえ。すごい人だ」

「だから、伝小堀遠州作となると、数寄者の食指が動くな」

「そんな品なんですか」

「そうとも」

五助は二人の話には関心がないのか、莨をのもうと煙管を出した。

「五助。油のそばで莨をのむな。いつも言っているだろうに」

油桶から一間ほど離れたところで火をつけ、紫煙を吐いた。

「いい品であれば、五十両でも、百両でも出す数寄者もいるだろうな」

目を丸くしている安兵衛を尻目に五助に聞いた。

「塩倉屋は金を持っているのか」

「いいや。知っての通り、あれは入り婿だ。内儀から小銭はもらっているだろうが、大きく動かせる金は持っていない。塩倉屋の口ぐせは、女は銭を食うからわしは妾を持たん、だそうだ。本当は銭がないから持てない、とみんな言っている。内儀が怖いから持てないのさ、と講釈を垂れる者もいるぜ」

「分かった。銭金はない。しかし、茶杓はほしい。と、なると、お袖を口車に乗せたか……」

伊助が推量を言うと、五助が伊助の言葉を引き取った。

「口車に乗せたか、何か弱みを握って脅したか……」

「うむ。それもある」

伊助と五助の話がよく分からない安兵衛は、二人の顔を代わる代わる見ては首をひねった。

「安。四、五日、貸してくれ。盗人を見つけ出してくる」

五

数日後――。

朝、安兵衛が一本松に行くと、伊助が、おい、こっちだ、と声を上げた。

「お袖に会って話を聞いて来た。初めは、知らぬ存ぜぬ、の一点張りだったが、悪いようにしない、品を取り戻してやる、と口説いて、やっと口を割らせた」

※

「苗字はほしくないか、と言われたんです。意味はすぐに分かりました。中間から足軽に上げてくれると言うことなんです」

「そう切り出されれば、話を聞かざるを得ないな」

「はい。それで、本当の話ですか、と聞いたんです。すると、わしがその品を兄者に届け、兄者が三席家老の三好田様の元に届ける。三好田様はとかく茶道具にご執心と聞く。あの品が気に入れば、中間から足軽に引き上げることなど容易《たやす》いことだ」

「代々、中間だったからな。かわいい弟の代で武士になれる、苗字を持てる、と言われれば無理もない話だ」

「は、はい。大旦那様に申し訳ないと心でお詫びしながら盗み、十左衛門様に届けたのです」

「しかし、お袖さん。お袖さんが持ち出した品は、三好田様の元には届いていない。それどころか、横沢家の当主仁左衛門様の元にも届いていない」

「えっ。そんな……」

「そうだ。お袖さんは十左衛門に騙されたのだ」

「と言うことは、苗字はもらえないのですか」

「そうだ。足軽にはなれない」

「そんな……」

「そんなことだろう、と思って塩倉屋に行って品を取り戻して来た。ちゃんと元あった場所に戻しておいた。何も聞かなかった、何もしなかったことにして普段通り仕事に励みな」

「は、はい。ありがとうございます。……でも、大旦那様には何と言ってお知らせすればいいんですか」

「何、それも任せておいてくれ」

※

「白藤屋の大旦那に伝えるのは、安、お前の役目だ」

安兵衛は素っ頓狂な声を上げた。

「あっしが――。何と言えば、いいんですか」

「何、簡単だ。今朝、なくなったと言っていた茶杓が、仕舞っていた茶箱の陰に隠れていた夢を見た、と言えばいい」

「へ、へい……」

「どうした、一人じゃ行けないと言うのか」

「へい。あっしは、どうも嘘がへたなもんで……」

「安。こう言うのを嘘ではなく、方便と言うんだ。ちょっとした方便でお袖さんを救ってやれるんだ」

「へい。それは分かるんですが……」

「よし、わしも一緒に行く。これならいいだろう」

安兵衛は四段重ねの木箱を包んだ大きな布を背負い、伊助は両端に油桶を下げた六尺棒を担いで歩き始めた。

一本松から白藤屋まで十町（約一・一キロ）もない。

きょうも暑くなるようだ。朝からお天道様がぎらぎら輝いている。

安兵衛は背中に汗を掻き始めた。歩きながら、伊助に聞いた。

「親父さん。あくどい手を使ってやっと手に入れた品がなくなったと知った塩倉屋はどう出るんでしょう」

「そうよ、なあ。そこが読めない」

「またお袖さんに何か命じるんですかね」

「何か命じる前に、白藤屋にもう一度見せてくれ、と頼むかもしれん。まあ、何にしろ塩倉屋にはお灸をすえなければならない」

「お灸、ですか」

「うむ。そのために一芝居、打たなければ……」

「どんな芝居を」

「分からねえ。これから考える。考えるが、あの茶杓に大枚を叩《はた》いた白藤屋の眼力も、盗んでまで欲しがった塩倉屋の眼力も、疑わしいものだな」

「と、言いますと」

「あんなお粗末な茶杓を見たことがない。遠州様の名が泣くぜ」

「そんなに下手くそな茶杓なんですか」

「うむ。気品も風格も何もない。白藤屋に戻す前に島様にお見せしたら、鼻先で笑っていた。そんな品だぜ」

伊助は声を上げて笑った。

安兵衛の目の前に茄子屋の顔がちらついた。

(自慢したいような、そうでもないような顔をしていたのは、小堀遠州様の足許にも及ばないことを知っていたからか。ことさら『伝』と言ったのも風格がないことが分かっていたからか――)


白藤屋に着いた安兵衛は袖を呼び、大旦那に会いたいと告げた。

「安兵衛、どうした。おや、油売りの伊助さんも一緒かい」

安兵衛は、早速ですが、と前置きして夢の話をした。

「まさか。あのとき、しっかりと確かめた。考えられない」

伊助が口を挟んだ。

「大旦那さん、正夢かもしれませんぜ。万に一つ、と言うこともあります」

「伊助さんまでそう言うのならちょっと見て来る」

屋敷に戻った白藤屋は、すぐに飛んで戻って来た。

「あった、あった。本当に茶箱の陰に隠れていた。わしが慌てていて見落としたのかもしれん。いや、すまん、すまん」

白藤屋はその場にいた袖や女中たちに詫びた。

「安兵衛、伊助さん。ありがとう。お袖、あとで油町の伊助さんの家に一升、届けておくれ」

「大旦那さん、それは……」

「いいってことよ。わしの気持ちだ」

「では、ありがたくいただきます。あっしの家ではなく、花屋町の一杯飲み屋『末広』に届けてくれませんか」

「分かった。そうしよう」

「安。今晩は霞乃露を存分に飲もう」

六

安兵衛が小間物を入れた木箱を長屋に置いて、末広に向かう途中、遠くで雷が聞こえたと思ったとたん、音を立てて夕立が降ってきた。末広まで一町もなかったが、雨脚が激しく商家の軒先を借りて雨宿りをするはめになった。

(暑い一日だったから気持ちのいい夕立だが、降るのをちょっと待ってくれればいいものを……)

ちょっと待っていると小降りになり、安兵衛は着物の裾を端折って走り出した。

雨で濡れた顔や手足を手拭いで拭いて末広に入ると、伊助は二人の男と飲んでいた。

「おや、安さん。しばらくだねえ」

こう言って迎えたのは、末広の女将の末だ。

「女将さん、伊助親父とご一緒の人は」

「ああ、島兵部様と兵太郎様だよ。ここでは田中屋さんの主と手代。安さんも前に会っているはずだけど」

「島様ですか。固くなるな」

もう一度小上がりを見ると、伊助の向かいに座っていたのは、確かに日焼けした島兵部だった。

島兵部は霞露藩の家数人数《いえかずひとかず》改め方の職にある武家だ。厳かな古武士と言う感じだ。

町人のなりをして外に出るときは、南部藩宮古通り鍬が崎村の海産問屋『田中屋』の主を名乗っている。嫡男の兵太郎を同行しているときは、手代の平吉と呼んでいる。

安兵衛が近ごろ知ったことだが、島兵部は藩忍び御用竿灯組の組頭だった。表御用の家数人数改め方として藩内を隈なく歩いて村々の家数や人数、牛馬の数などを調べている。数を改めながら、村々に不穏な動きがないか探っているのだ。日焼けしているのは、そのせいだ。

手下の伊助は細作《さいさく》（間者）頭だ。島が見落としたり聞き落としたりしたような話を伊助や配下の振り売りや担ぎ屋の男たちが拾ってくる。

島が安兵衛に気づき、手招きした。

「遅くなりました。あと一町で末広と言うところで夕立に遭いまして」

言い訳をして上がった。

「まあ、飲め」

島が徳利を持ち上げた。

「と言っても、これはわしの酒ではない。安兵衛の酒だ。遠慮するな」

笑いながら酒を注いだ。

安兵衛は、なみなみと注がれたぐい飲みを呷った。

「うまいっ」

思わずうなった。

肴を運んで来た末が教えた。

「白藤屋さんから二升も届きましたよ。存分に飲んでください。この肴は味噌に付け込んだ熊の肉を焼いたもの。夕時雨村の修二さんが仕留めた熊ですよ」

修二は霞露岳の中腹にある夕時雨村に住む一人マタギだ。

末は夕時雨村の村人たちとの付き合いが多く、夕時雨村の男たちは霞露町に出て来ると、必ず末広に顔を出す。

「おお、これは珍しい。滋養がつくな」

島はさっそく箸を取った。

「うむ。うまい」

若い兵太郎と安兵衛は、あっと言う間に食い終わった。

何か大事な話があると思ったのか、末は四人に酌をして、お代わりを焼いて来る、と言って下がった。

「安兵衛。伊助から霞乃露が届いた経緯《いきさつ》を聞いた。塩倉屋にお灸を据えたいと言う話も聞いた。飲みながら知恵を絞ろうではないか」

「島様は、塩倉屋と面識はあるのですか」

「安。つまらんことを聞くな。お頭のことを知らないお武家様もいるようだが、お頭は藩内のお武家様のことを全部知っている」

兵太郎が、うんうん、とうなずいている。

「塩倉屋十左衛門、横沢十左衛門とは、昔会ったことがある。婿に入る前のことだ」

懐かしげに振り返った後、くいっ、と酒を飲んだ。

「三十年ほど前、十左衛門は江戸詰めを命ぜられた。横沢家には大変な栄誉だったが、何しろ先立つ物がない。藩から支度金が出るが、ささやかなものだ。そこで親父殿の横沢佐内が金策に走り、塩倉屋から金を借りた。江戸での十左衛門は、一に節約、二に節約、と言ってもいいようなつましい日々を送った。ただ一つの楽しみは安く手に入る美人画を見ることだった」

安兵衛の酒を飲む手が止まった。

それを見て島が言った。

「何で知っているのか、と言いたそうだな。簡単な話だ。わしも江戸に詰めていたのだ。わしは上屋敷、十左衛門は下屋敷だったから会うことはなかったが、な」

「美人画ですか……」

兵太郎が何か言いたげにつぶやいた。

「うむ。そのころは美人画だった。それが今では金のかかる茶入れを集めている。何だか、大店の旦那は金のかかる物を集めないと世間体が悪いと思っているような感じだ」

「そうなんですが、内儀が財布を握っているので持っている茶入れもそれほどいい品ではない、と言い切る者もいます」

こう言ったのは伊助だ。

安兵衛が兵太郎を見ると、ぐい飲みを手にしたまま何か考えている。

「そうだろうな。いい品なら何十両もするだろうし、あるいは、もっとするかもしれん。入り婿が買える物ではない」

「島様、貧乏人のあっしなどには分からないことですが、何でそんなに金のかかる物を集めるんですか」

安兵衛が紫蘇の葉を散らした固い豆腐に醤油をかけ、一口食ってから聞いた。

「わしも分からん。見栄かな。元武士だったと言う見栄。大店の旦那と言う見栄。入り婿でもこれぐらいできると言う見栄……」

「見栄でお袖さんに盗みをさせたんですか」

「恐らく見栄が十左衛門を狂わせたのさ」

島に代わって伊助が推量を言った。

「十左衛門に熱い灸を据える算段をどうするか」

それぞれが手酌で飲み、物も言わずに考え始めた。

兵太郎はさっきから何か引っかかっているような顔をしながら飲んでいる。

伊助が徳利を持ち上げて、末に注文した。

「女将。酒を持って来てくれ」

はーい、と言う返事が聞こえると、また、静かになった。

酒を飲みこむ音だけが聞こえる。

末が徳利を四本持って来た。

「あら。皆さん、どうしたんですか。ずいぶんと静かですねえ」

兵太郎がつっと顔を上げ、ちょっと末を見た。さっきから引っかかっていたつっかえが取れたような顔をして島に聞いた。

「お末さんの顔を見て思い浮かびました。父上もお末さんのような美人を描いた絵を何点か持っていたんではありませんか」

末が笑いながら徳利を取り上げて兵太郎に酌をした。

「平吉さん。酔ったのですか。三十四にもなったしなびた女を捕まえて」

兵太郎と末のやりとりを聞いていた島が口を開いた。

「うむ。忘れていた。美人画は使えるな」

こう前置きして話し始めた――。

七

七月十五日（新暦九月四日）の数寄者三人衆の品定めの席に日焼けした男が一人加わって

いた。寛政元年は、六月と七月の間に閏六月が入ったため、この日が今年三度目の寄合となった。

「南部藩宮古通り鍬が崎村の海産問屋田中屋です。皆さんのお楽しみの場に厚かましく割り込みまして申し訳ございません」

深々と頭を下げた。

「塩倉屋さんと近江屋さんと白藤屋さんが楽しげな寄合を持たれている、と耳にしまして白藤屋さんに頼み込んだ次第です」

「近江屋です。よろしくお願いします。南部藩も米が取れず、大変なようですな」

近江屋は軽く頭を下げた。

「はい。何年も凶作が続いていますが、わたしどもの宮古通りは海の村々です。米が取れずとも魚が取れるので飢えることなく、どうにか生きております」

「南部藩野田村から塩を仕入れている塩倉屋だ」

塩倉屋はふんぞりかえったまま言った。

「田中屋です。どうぞよろしく」

田中屋は再び丁寧にあいさつした後、安兵衛を紹介した。

「ここにいる若者は、ここ、霞露のご城下で小間物の担ぎ商いをしている安兵衛です。何度かこちらに伺っていますので顔は見知っているかと存じます。妙な縁から知り合いになり、何か役に立つかと思い、脇に控えさせておきます」

三人の数寄者は、無言のままうなずいた。

「それではわしの持ち物をご覧いただきます。安兵衛、ここへ」

へい、と応えて安兵衛は丸めた油紙を広げ、中に入っていた一枚の錦絵を田中屋の前に置いた。

「いまだに人気が衰えていない浮世絵師の鈴木春信の『笠森お仙』です」

三人が見やすいように向きを変えて差し出した。

初めに手に取ったのは塩倉屋だった。

「江戸の評判の娘を描いたと言う錦絵だな。噂に聞いていたが、見るのは初めてだ。何ともかわいい娘だ。うん、これはいい」

目尻がやに下がっている。品定めのたびに、茶道具は品格がなければならない、などと偉ぶって講釈を垂れるときの面影はない。

塩倉屋が見入っているのは、団扇《うちわ》を手にして床几に腰を下ろしているお仙だ。谷中笠森稲荷境内の水茶屋の娘お仙は、江戸で評判の美人だった。まだ客が来ないのか、画面の左に立つ団扇売りの少年と世間話をしているように見える。ほっそりした可憐な姿が気に入ったのか塩倉屋は目を離さずに見続けている。

「春信は二十年近く前の明和七（一七七〇）年に亡くなっています。ですから春信の美人画の入手は難しくなっております」

珍しい美人画と聞いた白藤屋と近江屋が口をとがらせた。

「塩倉屋さん、わしにも見せておくれ」

立ち上がって絵を見た近江屋が叫ぶように言った。

「おお、これは、むしゃぶりつきたくなるような柳腰だな」

この一言がきっかけとなり、この日の品定めは美人談義に変わった。

いつもより早く霞乃露が出され、いつもより早く寄合が終わった。

田中屋はほろ酔い加減の塩倉屋と近江屋と一緒に帰り始めた。それぞれ荷物持ちの奉公人が後ろからついて来る。

「田中屋さん。あのお仙、手放す気はありませんか」

「うむ。わしも結構楽しんだので手放してもいいですが、値によります。まあ、三十両も出してもらえれば……。無理だったら、二十五両におまけします」

「二十五両は高すぎる」

「いまや入手困難の錦絵ですぞ。しかも、江戸までの往復の旅費やら旅籠代もかかっていますから……」

「いや、そんな大金をかけてまでほしい訳ではない」

「わしも愛着のある錦絵なのであきらめてもらえると、有り難い」

安兵衛が二人のやりとりを聞きながら近江屋を見ると、また始まった、と言う顔をしている。

二町ほど行ったところで近江屋と別れ、田中屋は塩倉屋と並んで歩いた。

「田中屋さんは、どちらに泊まっているのですか」

「この先の安宿の草鞋《わらじ》屋です」

「一人ですか」

「いや、倅の手代平吉と二人です。倅は新しいお得意を探し歩いているはずです」

「そうですか。霞露にはいつまでいますか。あ、いろいろ聞いたのは、二、三日中にお招きしたいと思ったからで。そのうち使いを出します」

塩倉屋と別れた後、田中屋は安兵衛に言った。

「探りを入れてきたな。わしたちの留守に誰かが忍び込む算段か」

「へい。島様の読んだ通りに動いてきましたね」

「うむ」

島の口元に笑みが浮かんだ。

八

二日後の七月十七日（新暦九月六日）――。

招きを受けて田中屋が安兵衛を連れて塩倉屋に行ったのは、昼時だった。

店の前には一人の牛方と六、七頭の牛がいた。塩倉屋の男衆が牛の背から塩を下して店の中に運び込んでいる。

田中屋と安兵衛が奥に通されると、すぐに塩倉屋十左衛門が現われ、挨拶もそこそこに聞いた。

「手代は一緒ではないのですか」

「今回、霞露のご城下に来て一つも商いの話をまとめていないので、きょうこそ一つ取って来い、と尻を叩いて追い出したところです」

「そうですか」

塩倉屋は手を叩いて若い奉公人を呼び、軽くうなずいてから内儀を呼んで来るように言った。

(あのうなずきは、留守だから行って来いと言う合図か……。あの若者だったら、親父さんにしてみたら赤子の手をねじるようなもんだな)

「田中屋さん。おととい見せてもらったお仙ですが、十両で譲ってくれませんか」

「おとといも話したようにおまけして二十五両。出せなければ、あきらめなさいよ」

「いやいや。十両で譲ってくれたら、田中屋さんから毎年塩引き百匹買いますよ。結構儲かると思いますが……」

「百匹では人足代も出ませんよ。しかし、毎年買ってくれると言うのなら二十両で譲ります」

「うむ。それでは残念だが、あきらめざるを得ないな」

田中屋も塩倉屋もむっつりと黙り込んだ。

そこに塩倉屋の内儀の百《もも》が顔を出した。

「百。白藤屋さんから紹介された南部藩鍬が崎村の海産問屋の田中屋さんだ」

丁寧に挨拶し、顔を上げた百は、怪訝な顔をして恐る恐る尋ねた。

「あのう、もし間違えたらお詫びしますが、田中屋さんは島兵部様ではございませんか」

「さよう。よく分かったな、お百」

「よく分かったも何も……。五年に一度お調べにいらしている島様を間違えるはずはありませんよ」

塩倉屋はきょとんとしている。

「いま教えますよ。その前に、お膳をお出しして」

百は次の間に控えていた女中たちに酒肴の載った膳を運ぶように命じた。

三人の前に膳を置いた女中たちは銚子を取り上げ、酒を注いだ。

「田中屋さん。きょうの酒は霞乃露ではなく、盛岡から取り寄せた酒です。どうぞ存分に」

盛岡には五十軒近い酒蔵がある。そのどこから取り寄せたか分からなかったが、芳醇な酒だった。

「うむ。いい酒だ。ぬる燗と言うのもいいのう」

島が褒めると、百があらためて塩倉屋の顔を見て教えた。

「お前さん。田中屋さんは家数人数改め方の島兵部様だよ。お調べにいらしたとき、いつも顔を出さないから……。島様、十左衛門が失礼したかもしれませんが、どうぞ堪忍してください」

「いや、わしには失礼なことはしていない。な、塩倉屋」

「は、はあ……」

百は何か感じたのか、後はわたしがするから、と言って女中たちを下がらせた。

「島様には、していないけれど……」

「相変わらず、お百は勘が鋭いな。内儀のいる前で言いたくないが、わし以外の者に失礼千万なことをしている」

十左衛門は、はて、と首をひねった。

「塩倉屋。お袖のことだ」

「お袖──」

「そうだ。白藤屋で働いているお袖だ」

「島様、どう言うことでしょうか」

「お百。お袖と言う者は白藤屋の女中頭でな、父親が横沢家の中間をしておった。父親が死んだ後は、弟の得平が横沢家の中間になった」

島は、盛岡の酒を一口飲んでから話を続けた。

――得平を足軽に引き上げてやる替わりに白藤屋が持っている伝小堀遠州作の茶杓を持って来い。それを横沢家の主仁左衛門を通して三席家老の三好田様に献上すれば足軽になるのもたやすいこと――。

聞くうちに百の顔が強張った。

「横沢家の出であることを利用してお袖さんに盗ませたのですか」

こう尋ねる声も震えている。

「うむ。盗んだ茶杓を仁左衛門に渡し、三好田様に献上していれば足軽への道が開けたかもしれない。しかし、それはまったくの嘘だったのだ」

「お前さん、本当ですか。いや、本当に決まっている。島様が嘘をつくはずがない」

百は十左衛門の膝を揺すぶりながら聞いた。

十左衛門は何も答えず、顔を真っ赤にしてうつむいた。

百はそれを見てすべて悟った。

「お前さん、本当だったんですね。その茶杓をどこに仕舞ってあるんですか。持って来なさい。すぐ白藤屋さんに返しに行きましょう」

「その島とか申す者が言っていることは嘘だ。わしがそんなことをする訳がないではないか」

「そうか。十左衛門、どこまでも白を切るつもりか」

「やっていないものは、やっていない。そう言っているだけだ」

十左衛門が声高に言い募っているとき、ぴーぴーと言う鳥の鳴き声が聞こえてきた。

「塩倉屋十左衛門。お主、白藤屋金兵衛が持つ茶杓をお袖に盗ませたうえに海産問屋田中屋が持つ鈴木春信の『笠森お仙』を盗もうとしたな」

「何の話だ」

「わしが泊まっている草鞋屋に盗人が入ってな。わしの手の者が捕まえたら、十左衛門、お主の奉公人だった。このまま奉行所に差し出そうか。この奉公人が自白し、加えてお袖が恐れながらと訴え出れば、塩倉屋の塩鑑札はお取り上げになろうな」

「えっ」

百は大声を上げ、十左衛門の顔色は土気色に変わった。

「お前さん、何てことをしてくれたんだ」

百は涙を流して十左衛門を責めた。

「茶杓のことは知らないが、あの錦絵はほしかったのだ。だが、金がなくて、つい……」

「金がなくて、だって。お前さんには月々三両も自儘になる金を渡していると言うのに……」

「ほう、月々三両も、な。それだけもらっていたら、買い取ることができたのではないか」

「………」

「そうか。品はほしいが、銭金は出したくない、と言うことか」

黙ってうつむいている十左衛門に代わって百が畳に額を叩きつけんばかりに何度も頭を下げて詫びた。

「お百。そなたの気持ちはよく分かったが、十左衛門の気持ちが分からない。詫びる気もないようだ」

「お前さん。ちゃんとお詫びしな」

「いや、心のこもっていない詫びなどいらない。わしのお仙と塩鑑札を交換してもいいのだぞ、塩倉屋十左衛門」

ようやく観念したのか、十左衛門は両手をついて詫びた。

「お百、済まない。島様、どんな償いでもいたします。どうか、お目こぼしを……」

「真か。真にどんな償いでもするか」

「は、はい」

「十左衛門がしっかりと約定を守るのであれば、今回に限り見逃してやろう。奉行所も人手不足ゆえ、内証事にしてやろう」

十左衛門が礼を言ったが、声が小さくて安兵衛には聞こえなかった。

「盗んだ茶杓は、手の者を使って白藤屋に返しておいた。品は戻ったが、お袖の気持ちが晴れないようだ。そこで十左衛門、まずはお袖に手をついて詫びること。次に茶入れやら美人画やらをすべて捨てて商いに専念すること。つまり、数寄者三人衆とか言う大人げない寄合を止めることだ」

「は、はい」

安兵衛には塩倉屋の返事がその場をごまかす言葉のように聞こえた。

「守れるか。守れると言うのなら奉公人を解き放してやろう」

島は振り向いて安兵衛に声をかけた。

安兵衛は、へい、と答えて庭に面した廊下に出て、ぴーぴーと指笛を鳴らした。

九

数日後、安兵衛は伊助に誘われて末広に入った。

霞乃露がまだ残っている——と言う誘い文句だったが、何か話があるような雰囲気だった。

「親父さん、きのう、おととい見えなかったけど、夕時雨村の得意先を歩いて来たんですかい」

「いつもはそうだが、今回は島様の命で盛岡に急ぎ仕事に行って来た」

伊助の言う急ぎ仕事は、往来手形を持たないで他藩に行くことだった。

「急ぎ仕事とは珍しいですね」

「うむ。あの伝小堀遠州作の茶杓のことだ。あれを見た島様が、まさか、これがな……と首をかしげて、こう言われたのだ。茄子屋に本当のことを聞いて来い、とな」

※

「伊助さん、とおっしゃるんですか。白藤屋さんと違って本物の数寄者ですな。本当に油売りですすか。わしは十二、三のころから親父に仕事を仕込まれましてね。伊助さんもそうですか。目で見て覚えろ、触って覚えろ、と茶道具の目利きを仕込まれました。親父の口ぐせは一文でも安く仕入れ、一文でも高く売れ。偽物を売った方が悪いのではない。と言うのは、偽物と知らずに売る者もいれば、偽物と分かっていて売る者もいる。買う方は売り手の心まで分かりませんからな。要するに、偽物と気づかず買った方が悪い、と言うのが親父の口ぐせでした」

「騙《だま》される方が悪い、と言うらしいな」

「よくそう言いますな。わしは子どものころから茶道具をたくさん見てきました。ひょっとして茶杓ならわしにも作れるんじゃないか、と思って四、五年前から作り始めたんです。竹を丹念に削る。竹に向かっているときは何もかも忘れるほどです。去年あたりから、ようやく納得の行く茶杓を作れるようになりました。こうなると、誰かに見せたくなります。自慢もしたくなります。茄子屋の作と言えば、高くて百文（二千五百円）ですかねえ。へたすると、十文か……。そこで誰か名の知れた人の名を出すと、高く売れるかもしれない、と考えましてねえ」

「そこで思いついたのが小堀遠州か……」

「はい。人様の名前を借りるなら広く名の知れた茶人がいいのではないか、と考えました。大きく出ることにしたんです。霞露の小間物屋の安兵衛が来たとき、この茶杓、伝小堀遠州作といって十両で売ってくれないか、と頼んだんです。あの若者は十両もの大金を持っていないので白藤屋の大旦那様に話してみる、と請け負ってくれました。わしは当てにしていませんでしたが……」

「安兵衛は約束を守る男だ」

「その通りでした。しばらくしてから白藤屋が駆け込んで来ましてね。小堀遠州作と言われる茶杓を見せてほしい、と。品を見ると、一目で気に入ったようで小判を十枚並べたんです」

「あの遠州様がこんな茶杓を作る訳がない、と言われたら、どうするつもりだったんで」

「鼻先で笑われたら、その場でへし折るつもりでしたよ。いや、言われなくても、実は、と打ち明けるつもりだったんです。でも、あんなに気に入ってもらえると、言い出せなくなってしまいまして……。それに、こう聞かれたから、打ち明ける気が失せたんです」

「何と聞かれたんで」

「後日、誰かにこの茶杓をほしいと聞かれたら、いくらで売ればいいかな。二十両か三十両か、と」

「なるほど。うむ、分かった。よく分かった」

「伊助さんは飲み込みが早い。白藤屋は初めから誰かに売ることを目論んでいたのです。こうなると、わしの作と打ち明けることはない。そこで、こう言ったんです。三十両でも安いと思いますよ、と。そう答えたら、うれしそうに笑っていました」

※

話し終わると、伊助は酒を、くいっ、と呷《あお》った。

「そう言われると、白藤屋の大旦那に頼まれて茄子屋に行ったとき、夜っ引いて仕事でもしていたのか、無精ひげを生やし、目は落ちくぼんでいました。藍染の前掛けに木屑がついていたのを思い出しました」

「好きで作った茶杓が思いがけず十両もの大金に化けたとき、茄子屋は全身が震えるような喜びを感じたそうだ。わしの茶杓が遠州の茶杓に化けた、と」

「偽物を作ったと言う気はなかったんですね」

「そうだ。伝小堀遠州作と言う言葉に飛びついた白藤屋が悪い、目利きができない方が悪い、と思っただけだ、とも言っていたな」

「白藤屋の大旦那は、品よりも名前を買ったんですね」

「遠州流の流祖の作と言われる茶杓が手に入った、と自慢できるからな。本物だろうが、偽物だろうが、構わない。どうだ、遠州の茶杓だぞ、と見せびらかす。見た者は白藤屋を褒めちぎり、白藤屋の鼻はまた高くなる」

「塩倉屋さんは、そんな白藤屋の大旦那に焼き餅を妬いたんですね」

「ああ。みっともない話だ。だが、そこが白藤屋の狙いどころだったのさ」

「伝小堀遠州作の茶杓だ、三十両じゃ安い買い物だよ、と持ち掛けたんですね」

ざわざわしていた末広が急に静かになった。にぎやかに飲んでいた職人たちが、明日も早いからな、と言ってみんな帰ったからだ。

伊助と安兵衛が手酌で飲む音が聞こえるほどだ。二人の声も小さくなった。

「そうだ。白藤屋は端からこの茶杓が評判になったところで誰かに高く売りつけるつもりだったのさ。餌に食いついたのは塩倉屋。もう少しで売れるところだったがな。白藤屋は欲がないような顔しているが、なかなかどうして」

「白藤屋の大旦那は、そんなに金が必要だったのですか」

「うむ。白藤屋は松風軒霞岳と言う名を持つ活け花の師匠だ。白藤屋が習っている活け花の流では、号は館号の上に斎号、その上に軒号、さらにその上に亭号があるそうだ。号をもらうと、礼をしなければならない。白藤屋は皆伝の免許と松風亭と言う名前をもらうための礼金が必要だったのではないか」

「白藤屋の大旦那が、早く亭号を取りたい、と言っていたのを思い出しました」

帰った客の徳利やぐい飲み、皿などを片付けた末が新しい酒を持って来た。

「何か話し込んでいたけど、どんな話ですかい」

「何、欲張りの男たちの話をしていていたのさ」

酒を注いでもらった伊助が末から徳利を取り、末に勧めてから教えた。

「数寄者三人衆とか言って粋がっていた大店の男たちは、集めた品を愛でていたのではない。この品はいくらした、と銭金自慢していただけと言う話さ」

「あら、それって塩倉屋さんと近江屋さんと白藤屋さんの話じゃないの」

伊助がにやりと笑った
「そうだ」

「ご城下の町衆がみんな知っている話よ。三人の旦那衆は、町衆から笑われていることも知らないで粋がっていただけ」

三人の笑い声がはじけた。

夜は静かに更けて行った――。

十

あちこちで村人総出の稲刈りが始まった。豊作と言うほどでもないが、まずまずの作柄だ。香の世話をしている寅婆さんは、孫の世話をしに芋田村に帰った。

その日の夕方、安兵衛が桜坂に行くと、遅かったねえ、と言いながら香は足すすぎを持って来た。

「足、洗ったら部屋に上がって」

いつものように言うと、香は表戸と裏木戸に心張棒を掛けに行った。

部屋に上がると、夕飯の支度がしてあった。

「何、突っ立っているの。座りなさいよ」

「何だか、二人きりになるのが久しぶりなもので……」

座ると、にじり寄って来た香が安兵衛の口を吸った。長い口吸いだった。

「ほんとに久しぶりねえ」

香は帯を解きながら隣の寝間に誘った。


「安さんの好きな霞乃露の諸白を買って来たの」

霞乃露の諸白は一升三百二十文（八千円）もする。

盃を取って安兵衛に渡し、酒を注ぎ、自分の盃にも注いだ。

「うまい」

「おいしいわね。忘れないうちに伝えておくけど、市古堂の大旦那様、茶杓の話を聞いていてよかった、とお礼を言っていたわ」

市古堂の大旦那は香を囲っている古着商だ。安兵衛は以前、津軽藩で作られた鳩笛を売ったことがある。穏やかな人柄の年寄りだ。そんな市古堂が白藤屋から茶杓を押しつけたら気の毒だ、と思って香に教えたのだ。

担ぎ商いをしていて耳にした噂話だけど、白藤屋さんが大枚を叩いて買い求めた伝小堀遠州作の茶杓を売りたがっている。三十両も吹っかけてくると思う。眉唾物の茶杓なので応じない方がいい――と。

「安さんが言った通り、白藤屋さん、旦那様に三十両でどうだ、と持ち掛けてきたそうよ。あらかじめ聞いていたのでやんわり断ったら、二十五両、二十両と値を下げたって」

「へえ、ずいぶんと値を下げたもんだ」

「最後はこう言ったそうよ。お香さんに館号を取らせてやる、と」

人を馬鹿にした話よね、と言って香は銚子を取り、酒を勧めた。

虫の鳴き声をさえぎるように野犬の遠吠えが聞こえてきた。

「でも、安さんから聞いた話を全部伝えていたから旦那様は断り続けたの。だから白藤屋さん、すっかり怒ってしまって、もう頼まない、と大声を上げたそうよ」

「当てが外れ、市古堂のご隠居に八つ当たりした格好だな」

「伝小堀遠州作と言えば、黙って三十両出すと思っていたのかしら……」

「さあねえ」

「本当はいくらする茶杓なの」

香には十両で買ったと教えていたが、茄子屋がつけた値は伝えていなかった。

「姐さん、ここだけの話だ。白藤屋さんこと松風軒さんにも、市古堂の大旦那さんにも内証だ。目利きを自慢する白藤屋さんが十両も出して買った茶杓は、百文がいいところだ」

「えっ。百文――」

「そうさ。作った本人がつけた値だ」

「えっ、伝小堀遠州作と言うのは……」

「そう、真っ赤な嘘さ。しかし、誰も損はしていない。白藤屋さんは端から高値で売り捌く気でいたのさ。本人はまだ偽物と気づいていないようだけど……。欲張り過ぎたのさ」

安兵衛は注がれた酒を、くいっ、と飲んだ。

「この間、稽古に行ったとき、お師匠さん、亭号をあきらめたと言っていたわ。理由《わけ》を聞くと、納める銭がない、と吐き捨てるように言ったの。あの茶杓を市古堂さんに買ってもらえば銭の用意はできたんだが、と旦那様のせいにしていた……」

「松風軒は、白藤屋は、数寄者でも何でもない。霞露でただ一人、伝小堀遠州作の茶杓を持っている数寄者だ、霞露でただ一人、亭号を持っている風流人だ、と見栄を張りたいだけの男だったのさ」

「そうねえ。お師匠さん、こうも言っていたわ。亭号が取れないと言うことは、弟子の塩倉屋の内儀と同じ軒号だ、と。聞いていて、何だか情けなくなってきて、稽古が終わって帰るときにこう言って来たわ。短い間でしたが、いろいろ教えていただき、ありがとうございました、と」

「辞めたのかい」

「そう。その後、塩倉屋の内儀とばったり会ったとき、辞めた、と教えたら、そう、よかったね、わたしも辞めたわ、と笑っていた」

香は寂しげに笑い、盃に残っていた酒を飲み干した。

「安さん、注いでちょうだい」

安兵衛は銚子を取り上げた。

「姐さんは活け花、好きだったんだね」

「さあ、どうかねえ。わたしの好きなのは安さんだけ。今晩はたくさんお酒を飲んで、たくさん安さんと肌を合わせるの」

雲丹飯

一

夜明け前、天和池《てんな》のほとりで木刀や棒を振るう四人の男がいた。

日の出までには少し間があり、四人の顔がぼんやり見える。だが、男たちの動きは、薄ぼんやりした明るさも苦にしない鋭い動きだ。

木刀を遣っているのは体の大きな男だけだ。一尺八寸ほどの小太刀か。残る三人の得物は棒だが、それぞれ長さが違う。一番背の高い男は五尺棒、次に高い男は六尺棒に見える。一番小柄な男が振るっているのは四尺棒のようだ。

木刀や棒を振り下したり、横に払ったりするたびに、ぶん、ぶん、と唸る。

「安、それでいい。その速さだ」

唸る音を聞いて、こう言ったのは六尺棒を持っている男だ。

「その速さで打ったり突いたりすると、強さは倍以上になる。ゆっくりではなく、素早く打つのだ。とん、とではなく、どん、とだ。ゆっくり、とん、と打っても相手は痛くも痒くもない。だが、素早く、どん、と突くと、一撃で倒すことができる。当たりどころが悪いと死ぬ」

五尺棒を振るっていた男が手拭いで汗を拭いながら、うなずいた。

やがて夜が明け、四人の顔が分かる明るさになった。

六尺棒と四尺棒を振るっていたのは油売りの伊助と息子の伊之助、安と呼ばれていたのは小間物屋の安兵衛、木刀を遣っていた大柄な男は水売りの五助だ。

奥州霞露藩一万石の城下で棒天振りや担ぎ売りを生業《なりわい》としている男たちだ。

振り売り仲間を束ねている伊助は、実は藩忍び御用の竿灯組細作《さいさく》（間者）頭だ。代々細作頭を務め、伊助は六代目だ。今年十三になった伊之助は、いずれ伊助の跡を継いで七代目の頭になる。五助は長年、伊助の手足となって動いてきたが、安兵衛は伊助の配下に加わったばかりだ。

毎朝、稽古をしている天和池は、安兵衛たちが朝夕集まる一本松から半里北にある。土手には桜と紅葉が植えられ、春は花見、秋は紅葉狩りを楽しむ人々でにぎわう。いまは桜が真っ盛りだから日が高くなれば人々が繰り出して来るはずだ。

稽古が終わり、帰りしなに伊助が安兵衛と五助を誘った。

「今晩、軽く花見酒と行くか」

二人はにんまり笑ってうなずいた。

三人はいつもの一杯飲み屋『末広』の小上がりに座って飲み始めた。器量よしの女将の末が切り盛りし、いつもにぎわっている。きょうもよく稼いだ職人たちでいっぱいだ。にぎやかな話し声と汗の匂いが溢れている。

末が三人の前に焼き魚を置いた。

安兵衛は今年、寛政二（一七九〇）年に二十二になった。嫁をもらい、子どもがいてもおかしくない年だが、桜坂に住む囲い者の香《こう》に惚れて独り身を通している。飯はすべて一膳飯屋で食っているが、食い逸れることが多く、よく腹を減らしている。

きょうはよほど空きっ腹だったのか、出された川魚の尻尾をつかんで頭から食い始めた。あっと言う間にきれいに平らげたが、何か物足りないような顔をしている。

末の酌を受けている伊助を横目に見て文句を言った。

「お末さん、ずいぶんと塩気の少ない焼き魚だな」

末は、やっぱり、と言う顔をして謝った。

「そう言われたのは、安さんで三人目。賄いをしているお竹さんに塩をけちらないで、みんな汗を掻いて仕事をしているんだから少し塩辛いくらいでちょうどいいのよ、と言っているんだけどね。あたしの愚痴のせいよ」

「やっぱりそうかい」

こう相槌を打ったのは伊助と五助だった。

「近ごろ、塩の値がはね上がって困っているって、みんなこぼしている。何もお末さん一人じゃないぜ」

「先月、三月一日（新暦四月十四日）に四文（百円）も上がって、今月一日（新暦五月十四日）にまた二文の値上がりだよ。わずか一か月で一升当たり六文も上がっては、どこでもやりくりが大変さ」

「違いねえ」

「塩は米と並んで大切な物だからね。うちに来るお客はみんな、お天道様の下で汗を流して仕事をしている人ばかり。だから、塩を一振りすればいい焼き物も二振りしているのさ。でもさ、こんなに値が高くなってお竹さんの手が一振りで止まってしまうようなんだ。安さん、勘弁しておくれ」

「勘弁しておくれ、なんてとんでもねえ話だ。いつもうまい物を食わしてもらっているんで、つい、その、甘えて……」

「いま、塩の効いた岩魚を焼いて持って来るよ」

「お末さん、いらないよ」

「ちょっと待っていておくれ」

末と安兵衛の押し問答になり、伊助が割って入った。

「お末さん、今度来たとき、塩の効いた岩魚をもらうことにするよ。まあ、一杯飲みなよ」

こう言ってぐい飲みを差し出した。

伊助の酌を受けながら末が教えた。

「誰かが塩倉屋に文句を言いに行ったら、入ってくる量が少なくなったから仕方があるまい、買ってくれなくてもこっちは困らないんだ、と開き直られたって話だよ」

塩倉屋は霞露の城下でただ一か所、塩を扱っている店だ。

去年の暮れには米一升が二十四文、塩一升が二十六文だったのが、今年四月に塩一升三十二文にもなった。米の値は動いていないが、塩だけが六文も上がったのでは文句の一つも言いたくなるのが人情だ。

海のない霞露藩は、塩を隣の南部藩野田通り野田村から仕入れている。

野田村では海水を汲み、鉄釜に入れて直煮《じきに》と言う方法で塩を作っている。海水は海に行けばいくらでもあるが、海水を煮るのに使う薪や柴木は伐り出して来なければならない。煮子《にこ》と呼ばれる人夫十数人が交替で一昼夜かけて海水を煮詰めて作るのだ。

　こうしてできた塩は、牛の背に乗せて牛方が各地に運ぶ。牛方が追う牛は一端綱《はづな》六、七頭だ。一頭の牛の背には一俵二斗五升（約五十キロ）入りの叺《かます》が二俵乗せられ、急な流れの沢を渡り、険しい山を越えて運ばれるのだ。牛の歩みに牛方が合わせるため、野宿は当たり前だ。野田から霞露まで六泊七日ほどかかる。

　運ぶ先が野田から遠くなるほど塩の値は高くなる。野田では塩一升は米一升と交換されるが、一山越すと塩一升が米二升になると言われるほどだ。

　安兵衛が首をひねって聞いた。

「本当に入ってくる量が減ったんですかねえ。それとも薪が値上がりしたのか、牛方の人足代が上がったのか。五助さん、何か聞いていないですか」

　五助が酒を呷ってから言った。

「薪の値上がりも牛方の人足代が上がった話も聞いてないな。塩を作るのに薪をすごく使うらしいから薪の値上がりは考えられるが、たった一月で六文も上がるとは思えないな」

　五助と安兵衛の話を聞きながら酒をちびちび飲んでいた伊助が声をひそめて推量を語った。

「入ってくる量が減ったかどうかは、ご城下では塩倉屋しか知らないことだ。うかつなことは言えないが、塩倉屋が仕入れ量を減らされたと称して値上げしたことも考えられるな」

「塩倉屋の主ならやりかねないな。なあ、安」

「へい」

塩倉屋の主十左衛門は、武家の出だった。塩倉屋に婿に入って二十年も過ぎたが、いまだに武家の出をひけらかしている。客のひんしゅくを買い、奉公人たちが陰で悪口を言っているほどだった。

「もしもそうだすれば、塩販売の鑑札を取り上げられることになるのだが……」

酒を酌み交わす男たちの胸を過《よぎ》ったのは去年の茶杓騒ぎだった。

これは、塩倉屋十左衛門が白藤屋の隠居が自慢する伝小堀遠州作の茶杓を安く巻き上げようとして藩家数人数《いえかずひとかず》改め方の島兵部にこってりと絞られた騒ぎだ。このとき島は今度悪さをしたら鑑札を取り上げると脅したが、塩倉屋は忘れてしまったようだ。ここにいる四人はこの茶杓が真っ赤な贋作だと知っているが、いまだに十左衛門は真作と信じているようすだ。

少し考えてから伊助が口を開いた。

「安、海を見たことがあるか」

「いえ、見たことがありません」

「そうか。どうだ、野田の海を見て来ないか」

伊助が言っている意味を飲み込んだ安兵衛は、すぐに返事をした。

「へい、分かりました。ところで親父さん。あっし一人ではなく、伊之助さんも連れて行きたいのですが……」

伊助の顔に笑みが浮かんだ。

「そこまで考えていなかった。いいのかい、足手まといになるぜ」

「伊之助さんは、もう十三ですよ。大丈夫ですよ」

伊助はぐい飲みに残っていた酒を、くいっ、と飲み干して安兵衛に差し出した。

「そうか。ありがとよ」

うれしそうに酒を注いだ。

二

四月十五日（新暦五月二十八日）の朝――。

安兵衛と伊之助は、伊之助の父親の伊助と母親の丁に見送られて霞露を出立した。

安兵衛が伊之助を連れて野田に行くと約束してから十日経っていた。

同じ日――。

暖かい日が入り込んでいる部屋にいる塩倉屋十左衛門は、仕事を番頭たちに預けて買ったばかりの肩衝《かたつき》の茶入れを愛おしそうに見ている。

ついこの間、高い金を払って手に入れた肥前の唐津焼きだ。

十左衛門の楽しみは茶入れを集めることだ。しかし、入り婿とあって勝手に遣える金は少ない。金がないばかりに盗んだ物もある。

去年は南部藩宮古通り鍬が崎村の海産物屋『田中屋』を名乗る男が持っていた美人画が気に入り、譲ってくれと申しれたが値が折り合わなかった。手代に盗ませようとしたが、あっさり捕まった。この田中屋は藩家数人数改め方の島兵部だったのだ。塩鑑札を取り上げると脅かされ、茶入れなどを買うのを控えていたが、盛岡の茶道具店『茄子屋《なすび》』で唐津焼きの肩衝を見た瞬間、押さえていた虫が目を覚ました。

金がない。盛岡まで行って盗む訳にはいかない。金を作り出すために野田塩の仕入れ値が上がったことにして売り値を上げ、ようやく手に入れた茶入れだ。

「うむ。やはり、いい」

独り言を言う十左衛門の口許がにやけている。

内儀の百《もも》、番頭の太郎兵衛を説き伏せて塩の値を上げてよかった、と思っているのだ。

(この次は何にしようか。茄子もいいか。やはり白藤屋が持っている伝小堀遠州作の茶杓を買い取ろう。活け花の弟子が何人も辞めて金に困っているようだから今度は売ってくれよう)

白藤屋は造り酒屋『白藤屋』の隠居金兵衛のことだ。数寄者を気取る金兵衛の自慢の品は、伝小堀遠州作の茶杓だ。何度か譲ってくれと頼んだが、いつも断られている。金兵衛が教えている活け花は、人柄が嫌われて辞めて行く弟子が増えた。

そんなことを考えていると、手代の太兵衛がやって来た。

「旦那様、万次親分が旦那様に会いたいと言って来ていますが、どうしましょうか」

「裏庭に通せ」

十左衛門が唐津焼きを仕舞って庭に出ると、万次は右手に持った黒房の十手を左の掌を軽く叩きながら待っていた。黒い太い眉がだいぶ白くなっている。十左衛門と同年配の五十代半ばといったところか。

塩倉屋の主が姿を見せると、岡っ引きの万次は頭も下げずに言った。

「乙さんの勘は当たっていたぜ」

十左衛門の幼名を乙三郎と言い、元服する十五歳まで名乗っていた。

万次の父親は六日町に住む大工だった。ある年、強い野分が吹き荒れ、十左衛門の家も壊れた。このとき修理に来た父親について出入りしたのが万次だった。十左衛門が二歳上と年が近いこともあって二人の気が合い、武家の子、大工の子と言う身分を超えて友となった。家の修理が終わっても二人はよく遊び歩いた。相当な悪さもした。

大工になった万次は、四十になったのを潮に仕事を倅の万七や弟子に任せ、奉行所に願い出て十手持ちになった。手当てがほとんど出ない岡っ引きになりたがる者がないため、万次の願いはすぐに聞き届けられたのだ。

二人が知り合ってから四十年は経つ。いまだに十左衛門は万次を万の字と、万次は十左衛門を乙さんと呼んでいた。

万次が勘と言ったのは、兵部が手下のように使っている油売りの伊助が野田村に塩の値を調べに行くような気がして見張らせていたことだった。

十左衛門が軽くうなずき、先を促した。

「けさ、油町の伊助の店を見張っていたら、伊助の倅と例の小間物屋が旅支度をして出かけるところだった」

「行き先は野田か」

「伊助の女房が何度か、野田と言っていたから間違いない」

「万の字。これからやることは分かっているな」

「ああ、分かっている」

「連れて行くのは誰だ」

「俺は行かないぜ。この年になると、片道二十五里もある旅は無理だ」

「何、さっさと片付けて帰って来ればいい」

「乙さん。俺の年も考えてくれよ」

十左衛門が軽くうなずいた。

「俺の替わりに万七と子分の熊三、留吉をやる」

「腕は大丈夫か」

「餓鬼と独活《うど》の大木が相手だから、この三人で十分さ。ただ……」

万次が言いよどんだ。

「ただ、何だ」

「倅の万七がちょっと酒癖が悪くて……」

「大事な仕事だから我慢しろ、と言え。帰って来たら好きなだけ飲ませてやる」

「へい」

「往来手形はあるのか」

「もう用意してある。俺が書いた『霞露町六日町　目明し万次』と言う手形を持っていれば口留め番所をすんなり通れるはずだ。九つ（正午）には出立できる」

十左衛門はうなずき、懐から金を出して渡した。

「当座の旅籠代と飯代だ。帰って来て色よい話が聞けたらたっぷり礼を出す」

日が高くなり、もうじき昼になる刻限だった。

三

同じ日の夕方——。

安兵衛と伊之助は、南部藩沼宮内《ぬまくない》通り沼宮内村の旅籠《はたご》に着いた。

風呂から上がって飯を食いながら、伊之助を労わった。

「伊之さん、こんなに歩いたのは初めてだろう」

「うん。でも、思ったよりも疲れなかった」

「そうか。きょうはご城下を出てからほとんど下りの道だったから楽だったのさ。明日からは上っては下り、下っては上る道が続くぞ。覚悟しておけ」

「分かっているよ。おばちゃん、飯、お代わり」

「あいよ」

飯盛り女は伊之助に茶碗を渡し、安兵衛に聞いた。

「兄さん、飯は」

「おう。もらう」

「お前さんたちはどこに行くんだい」

「八戸藩の久慈と言うところに行く」

「へえ。そこは遠いのか」

「遠いと言えば、遠い。子どもの足で五日か。野田の北だ」

「ああ、野田の北か。それじゃ、子ども連れだと五日はかかる」

二人が持つ通行手形には、行き先が八戸藩の久慈と認められている。

八戸藩は南部藩の支藩だ。寛文四（一六六四）年に南部藩十万石の二代藩主南部重直が後継を定めないまま病没したため、幕府の命によって重直の弟の七戸重信に本藩八万石、弟の中里数馬に八戸藩二万石を分割した。

南部藩は「三日月が丸くなるまで南部領」といわれるほど広い。二人が目指す野田は南部藩の北東にあり、久慈はその北にある。久慈は琥珀の産地だ。安兵衛は久慈琥珀を買い付けに行くことになっているのだ。

「嬶《かあ》さんは野田を知っているのかい」

「行ったことはないけど、野田塩を運ぶ牛方からよく話を聞いている。牛は歩くのが遅いからここに来るまで五日と言っていた。山道を通ったり、沢沿いに歩いたりするそうだ。途中、牛馬宿が少ないから野宿することが多いとさ」

「伊之さん、やっぱり一度は野宿しなければならないようだ」

「うん。平気だよ」

「久慈に何をしに行くんだ」

「あっしは小間物屋でさ。お得意から髪挿《かんざし》の飾りにする琥珀がほしい、と頼まれましてね。その後、馬を飼っている別のお得意に久慈に琥珀の買い付けに行くと話したら、ついでに琥珀の屑を買ってきてほしいと言われたんでさ」

「琥珀って、きれいな石だろう。琥珀がほしいってのは分かるけど、琥珀の屑がほしいってのは分からない」

「何でも、琥珀の屑を燻《いぶ》すと馬小屋に入った虻が逃げるんだって。虻に刺されると、馬が変な病気になることがあるそうだ。琥珀の屑は虻遣りにはうってつけだそうだ」

「へえ、そうかい。で、その子は何をしに行くのだ。お前さん一人だと旅籠代もかからないだろうに」

「確かに、な。この子は買い付けの見習いとして初めて旅に連れて行くのさ。これから商いの仕方を教えるところだ」

飯を食い終わって飯盛り女が下がると、伊之助が聞いた。

「野田に行ったついでに久慈に足を伸ばすのかと思っていたけど、いまの話だと琥珀とか言う石の買い付けが本当の目当てだったのかい」

「伊之さん。伊之さんも分かっているように、塩の値を確かめるために野田に行くとは言えないのさ」

伊之助は何か考えるようにうなずいた。

久慈に足を伸ばすのは伊助の指図だった。

——安兵衛は通行手形を両親《ふたおや》が眠る大龍寺の住職に書いてもらっている。

いつもは盛岡に小間物の仕入れに行くと言う理由がはっきりしていたが、今度行く野田には仕入れる品がない。塩倉屋への塩の売り付け量と値を確かめるため、と書いてもらう訳にはいかない。

そう思って伊助に聞くと、即座に琥珀の買い付けと言う言葉が返ってきた。琥珀の屑を馬小屋や牛小屋で燻すと、煙で牛虻を追い払えるのだ。屑琥珀の買い付けと書いてもらうことはない。口留め番所（関所）で役人に聞かれたら、得意客に髪挿の飾りする琥珀がほしいと頼まれた、と答えるといいと言われたのだ。

安兵衛の通行手形には「琥珀の買い付け」、伊之助の手形には「買い付け方見習い」と認められている。手形だけを見ると、小間物屋の手代が丁稚に買い付けの仕方を教える旅のようだ——。

少し考えてから伊之助が口を開いた。

「けさ、家を出るとき、じっと見ている男がいたけど、安さん、気がついていたかい」

「ああ。二人いたようだな」

「三人だったよ」

「そうか。あっしは二人しか気がつかなかったな。一人は岡っ引きの万次親分の倅。確か、万七とか言ったな。もう一人は熊三とか言う遊び人だ。万次親分の子分、下っ引きと名乗ってずいぶんと悪さしているみたいだ。伊之さんが言うように三人だとすれば、三人目は留吉だな。熊三とつるんで遊んでいる奴だ」

——この日の朝、安兵衛は油町の伊之助の家に迎えに行ったとき、隣の家の陰に隠れて見張っている男二人に気づいた。伊助に目配せすると、ああ、分かっている、とうなずいてから伊之助に声をかけた。

「気をつけて行くんだぜ。何があっても普段の心構えを忘れるんじゃないぞ」

「はいっ」

「安も気をつけてな」

こう言ってから声をひそめて付け加えた。

「ただの見張りなのか、これから旅支度をして追いかけるのか。行く先は見当がついているはずだから、半日か一日ずらして追いかけるかもしれないな。小者だが、くれぐれも油断しないように」

へい、と返事をしたときは万七の名はすぐに出てきたが、もう一人の名前を思い出せなかった。さっき風呂の中で、あっ、熊三だ、と思い出したのだ——。

「そうかい、それで分かった。伊之さんが途中で何度も振り向いていたのは、あいつらが後をつけて来たのか確かめていたのか」

「うん」

「何、気にすることはないぜ。後をつけて来たら、途中で撒けばいい」

「撒くと言っても、一本道だよ……」

「そうだな。せっせと逃げるか」

「逃げても追いかけて来たら」

「そのときはそのとき。正面から向き合うさ。大丈夫、心配するな」

安兵衛は伊之助の心配を払いのけるように笑い飛ばした。

安兵衛と伊之助が布団にもぐり込んで寝息を立て始めたころ、二人を追って来た万七と熊三と留吉が別の旅籠に入った。さっと風呂を浴びて汗を流すと、二人の飯盛り女を相手に酒を飲み始めた。

初めは二合ずつ酒を飲んだら寝るつもりいたが、酒を飲んで気が大きくなった万七は酒をさらに追加した。

万七と熊三が飯盛り女を相手に酒盛りしているころ、家数人数改め方の島兵部は、竿灯組組頭として霞露藩の首席家老平舘大膳の屋敷を訪れていた。兵部の嫡男、兵太郎も一緒だった。

「先日お話したように鑑札を取り上げようと思っております」

「うむ。取り上げた後はどうする」

「はい、ご城下には塩倉屋に替わる者が見当たらず、やはり先日お話したように計らうのが一番かと存じます」

「うむ。わしもそう考えていた。それで野田に向かった者は無事務めを果たせそうか」

「はい、ご心配なく。初めは小間物屋一人のつもりでおりましたが、その者が伊助の倅を連れて行きたいと申しまして二人連れとなりました」

「その小間物屋、安兵衛とか言ったな」

「はい。近ごろ伊助に棒術を教わり、腕を上げていると聞きました。倅の伊之助は十三歳ですが、腕は安兵衛より上です」

「そうか。塩倉屋の動きはどうだ」

「きょうの昼過ぎ、三下二人が安兵衛たちの後を追って行きました。塩倉屋には手駒がなく、使えるのは銭で雇った三下しかおりません」

「安兵衛と伊之助は大丈夫か」

「何も心配はないか、と。念のため、兵太郎に追わせますか」

「うむ。そうしてくれ」

兵部は横に座っている兵太郎に声をかけた。

「兵太郎、聞いての通りだ。二人を追って見守れ」

「はっ」

兵太郎はすぐに腰を上げ、辞去した。

四

翌朝、沼宮内の旅籠を出た安兵衛と伊之助は、北に向かった。

二人が歩いている道は奥州街道だ。一里半ほど歩くと、尾呂部《おろべ》と言うところに出た。ここから東に進む道に入った。沼宮内廻りの野田街道だ。奥州街道と違って道幅が狭い。

きょうは尾呂部からざっと六里先にある葛巻《くずまき》を目指している。

旅籠を出るとき、「伊之さん、きのうよりもきついぞ。頑張れるか。でも、無理しては駄目だぞ」と言い聞かせていた。

途中で音をあげたら、吉ケ沢《よしがさわ》の百姓家に頼み込んで泊めてもらうか、それが駄目だったら野宿するつもりでいた。

新緑が濃くなった山道を一里歩いては休みを取り、昼過ぎに吉ケ沢に着いた。見つけた百姓の家で井戸水を分けてもらい、庭先を借りて昼飯を食うことにした。

安兵衛が伊之助の顔を見ると、汗を掻いている。

「伊之さん、大丈夫か」

「うん。大丈夫。でも、この脛巾《はばき》、脱いでいいか。暑くていやだ」

脛巾は脛《すね》に巻きつけた布だ。

「伊之さん、駄目だよ。脛巾は足を守ってくれるものだ。蛇に噛《か》まれたときも軽くて済む。脛巾をつけずに茨に入れば、足はきずだらけになる。今は蚊が出ていないが、蚊が出る季節は蚊から守ってくれる。だから脱がないで我慢しな」

「うん。分かった。我慢するよ」

「葛巻まではあと三里だ」

安兵衛は愛用の五尺棒を、伊之助は四尺棒を杖にして険しい黒森峠を越え、葛巻に入った。旅籠が何軒もある大きな宿場町だった。

沼宮内を出てから人の顔を見たのは吉ケ沢の百姓ぐらいだったから人懐かしさを覚えていた二人は、少しほっとした気分になった。


安兵衛と伊之助が黒森峠に差しかかったころ、万七たちが沼宮内の旅籠を出た。

安酒を浴びるように飲んだため、三人とも頭が割れるように痛かった。

「歩くたびに頭に響く。あんなに飲むんじゃなかった。熊三、留吉、今晩は酒は抜きだぞ」

「飲めねえよ」

「小僧たちをいたぶるのは葛巻を出てからだな」

口数も少なくなり、ふらふら歩いて葛巻を目指したが、吉ケ沢を過ぎたところで日が暮れ、野宿した。ようやく頭の痛みが消えたが、今度は腹が減ってきた。食い物は何もなく、沢水で腹を満たしただけだった。狼の遠吠えを聞いて、襲われないだろうか、と怯えながら、一夜を過ごした。

五

四月十七日（新暦五月三十日）早朝――。

天気が気になり、安兵衛は起きるとすぐに空を見上げた。よく晴れていたきのうと違って雨が降りそうなどんよりした空だった。

朝飯を食った後、安兵衛は風呂敷を開けて木箱を取り出した。

いつもは、幅一尺五寸、奥行き一尺、高さ八寸の木箱を四つ重ねて大きく丈夫な風呂敷に包んで商いをしている。雨や雪が降っているときは、その上に油紙をかけるだけだ。合羽や蓑《みの》を着ると、動きが鈍くなるのを嫌っているのだ。

今度の旅は往復十日ほどとあって木箱は二つにした。銭、雨に濡れたときの着替えと油紙、小さな合羽、草鞋《わらじ》三足のうちの二足を入れているだけだ。切れたときに替える草鞋は帯に挟んでいる。

木箱から丸合羽を取り出して伊之助に渡した。雨に濡れて少々熱を出しても安兵衛ならば歩き続けることができるが、伊之助に無理をさせる訳にはいかない。

「伊之さん。きょうは雨が降りそうだ。これを着てくれ」

「はい」

「きょうも険しい山道、峠道が続くから覚悟しておいてくれ」

「大丈夫、歩けるよ」

安兵衛は木箱を背負い、その上から油紙をかけて旅籠を出た。

合羽を着て三度笠を被った伊之助は、着替えや替えの草鞋が入った風呂敷を背負っている。

旅籠で聞いた話では、葛巻から野田まで十三里あると言う。途中の山根と言う村に旅籠があるそうだが、葛巻から九里も先だ。安兵衛一人だったら難なく行ける距離だが、伊之助といっしょだ。山根まで行けるかどうか分からない。

「できれば、きょうは山根村に行きたいが、この天気だから難しいかもしれない。とりあえず三里半先の塩宿を目指す」

「塩宿って、どんな宿だ」

「野田塩を運ぶ牛方が行き帰りに使う宿だそうだ」

「それで塩宿と言うのか」

平坦な道が続いているため二人の話も軽やかに弾む。

「そうらしい。あっしたちが行く塩宿は、屋号が牛場と言うそうだ。牛場に着いたら天気を見て山根まで行くかどうかを決める」

「分かった」

二人は葛巻から北東に二里ほど行った先の平庭峠を目指していた。塩宿は平庭峠を下りたところにある。

「安さん。塩宿から山根までどれぐらいあるんだ」

「五里半だって」

「合わせて九里か。大丈夫、歩けるよ」

ぽつりぽつりと雨粒が落ちてきた。

やがて九十九折りの峠道に変わった。

「伊之さん。どうやら平庭峠のようだぜ」

雨で見通しが悪いが、幹が白い木が並んでいる。高さが百尺近くありそうだ。

「あんな木、見たことがないな」

伊之助は足を止めて白い木の森を見ている。

「旅籠の番頭に聞いた話では白樺とか言うらしい」

「しらかば、か。初めて聞く名前だ」

「何でも皮は細工物に使うそうだ。皮は火着きがいいので乾かして焚き木にも向いていると言う話だ」

「へえ。霞露藩にも白樺が生えているのか」

「さあな。聞いたことがない」

「今度、旅に出てよかった。いろんなものを初めて見たり聞いたりしたから」

「そうか。それはよかった。だが、まだ、これからだ」

「うん」

峠を越えたあたりから本降りになってきた。道がぬかるみ歩きにくい。

「足、冷たくないか」

「大丈夫。ぬかるみで足が滑りやすいけど」

「草鞋も傷んできたからな。塩宿に着いたら替えるか」

「うん」

平庭峠を下ったところに茅葺き屋根の塩宿『牛場』があった。牛小屋も見える。

山中の宿に着いたとき、二人の顔から雨の滴が流れ落ちた。三度笠を傾けて雨が顔にかからないようにしたつもりだったが、結構濡れていた。伊之助の首から膝までは合羽のお蔭であまり濡れていなかったが、油紙がかかっていない安兵衛の前半分はずぶ濡れだった。泥にまみれた二人の足は、冷たくなっていた。

安兵衛が声をかけると、顔に深い皺が刻まれた五十過ぎの髭面の男が出て来た。どうやら塩宿の主のようだ。

安兵衛が丁寧に挨拶し、少し休ませてほしい、と頼んだ。

「おう、いいとも。そこの水を使って足を洗って上がって囲炉裏で体を温め、着物を乾かせ。草鞋を捨てるんだったら、そこの隅に置いとけ」

にこりともしない主だが、意外と親切な男だった。

二人が脱いだ三度笠の縁を持って振ると、雨粒が勢いよく飛んだ。足を洗い、棒の泥を拭って部屋の隅に立てかけてから囲炉裏のそばに座った。

主が白湯を出して聞いた。

「初めて見る顔だが、お前さんたちはどこから来て、どこに行くんだ」

冷えた体に温かい白湯がじんわりと沁みた。

「へい。霞露藩のご城下から来ました。野田に寄ってから久慈に琥珀の買い付けに行くつもりです」

塩宿から久慈や野田に行くには、山根を通らなければならない。山根から北に向かう道を取ると久慈に近い。山根から東に行くと野田に出る。久慈は野田の北にあるため野田を経ると、山根と野田の間の四里分が遠回りになる。

「久慈に行くのか」

「へい。ここで少し休んだ後、山根に行きたいと思っていますが、親父さん、天気はどうですか」

「止めた方がいい。この雨は夕方まで続くが、明日は晴れる。だから、きょうはのんびり体を休めることだな」

「分かりました。今晩、泊めてください」

主はうなずき、囲炉裏に薪を足した。

「久慈に行く前に野田に寄って塩を作っているところを見たいなと思っております」

「塩を作っているところを見たいだって」

「へい。あっしらの住む霞露藩には海がなく、塩はたいへん大切なものでして」

「おいらは海を見たことがないんだ。海を見て、塩を作っているところ見て帰りたいと思っているんだ」

伊之助が目を輝かせて付け加えた。

「そうか。海がないのか。そう言えば、俺もここ十年ぐらい海を見ていないな」

「海って大きいと聞いたけど、どれぐらい大きいんだ」

「どれぐらい、と聞かれても答えようがないな。きょう、ここに泊まると、あさって野田に着く。小僧、あさって、その目で海をしっかり見るんだな」

「はい」

「小僧、年、なんぼだ」

「十三です」

囲炉裏の火で温まった安兵衛の着物から湯気が上がった。冷たかった二人の足も温まり、やがて体全体が温かくなった。

「そうか、十三か。何でも、どんどん覚える年だな」

「親父さん、ここはどんな宿ですか」

「ここか。ここはな、野田で作った塩を運ぶ牛方が牛と泊まる宿さ。さすがに冬は少なくなるが、年中、牛方が来ては泊まって行く。牛方の行き先は沼宮内や盛岡、花巻などの遠方だ。そうだ、小僧が来た霞露にも行っている」

「みんな塩を運んでいるのですか」

「いや、塩ばかりではない。稲刈りの後は、沼宮内や葛巻から米を運んで来た牛方と野田や久慈から塩や昆布を運んで来た牛方がここで顔を合わせ、荷を交換して引き返すこともある」

「何十頭、何百頭もの牛が塩や米を運んでいるのですか」

「そうだ。何年前だか忘れたが、ある年の稲刈り後、一月の間に千石の米が野田村に運び込まれた。米一升と塩一升が交換されたとして千石の塩がつくられた訳だ」

「たった一月の話ですよね。すごいなあ」

「小僧。ちょっとここに来い」

伊之助が囲炉裏の父座《ととざ》に座っていた主のそばに寄ると、足を出せと言われた。足を出すと、主はごつごつした手を広げて伊之助の足の大きさを測った。

「よし、もういいぞ。兄さん、小僧の草鞋を作っておく。明日の朝、ここを出るとき履いて行くがいい。俺はこの小僧が気に入ったから一足十文にまけておく」

「へい、お願いします。ついでにあっしの分もお願いできますか。替えの草鞋が一足しか残っていなかったので助かります」

「大人は一足二十文だ。俺が編む草鞋は、安くて丈夫だぞ」

「それは有り難い。できれば三足ずつ編んでほしいのですが」

「分かった。明日の朝までに編んでおく。兄さんと小僧の部屋はこっちだ。いまのところ二人だが、誰か来れば相部屋になるからな」

隣の部屋にも囲炉裏があり、雨に濡れた体が温まると、眠くなってきた。

囲炉裏のそばでごろりと横になっているうちに二人とも寝てしまった。

二人が部屋に入って半刻（一時間）ほどしたころ、万七と熊三と留吉が塩宿の戸を開け入って来た。

「ひどい雨だ。おい、泊まるぞ。足を洗う水を持って来い」

雨に濡れた三度笠と合羽を脱ぎ捨て、手拭いで顔を拭きながら怒鳴り声を上げたのは万七だ。

「何だと——。何と言う言い草だ。出て行け」

「泊まってやると言っているんだ。濯《すす》ぎの水を持って来い」

「お前らみたいな礼儀知らずに泊める部屋はない。とっとと出て行け」

「兄貴。これを見ろ。あいつらの棒だぞ」

部屋の隅に立てかけてあった二本の棒を見た留吉が顎で示した。

「親父。なりの大きな男と小僧のいる部屋を教えろ」

「教えたくないな」


万七たちの怒鳴り声を聞いた安兵衛が目を覚まし、木箱から草鞋を取り出して素早く履いた。すぐに起きた伊之助も倣った。

「いいか」

「うん」

二人は部屋を飛び出すと、立てかけていた棒を取った。

「やっぱりここにいたぞ」

万七が声を張り上げた。

三下が三人いるのを見て安兵衛が小声で伊之助に言った。

「伊之さんの言う通り、三人だったぜ」

「何、二人でも三人でも同じだよ」

十三歳にしては腹が据わっていると感心しながら、ずぶ濡れの男に聞いた。

「万七、あっしらに何か用か」

「おう。どこに、何をしに行くか聞きたくて追って来た」

「さっき、塩宿の親父さんにも言ったが、久慈に琥珀を買いに行くところだ」

「野田に塩の値を確かめに行くのだろう。えっ、違うか」

「何の話だ」

「このところ、塩の値が上がったから不審に思い、本当に上がったのか確かめに行くのだろうが」

「ほう、誰がそんなことを言っているんだ」

塩宿の戸が静かに開き、一人の男がすっと入って来た。

安兵衛と伊之助には男の姿が見えていたが、万七たちは気づいていなかった。

顔を真っ赤にした熊三が怒鳴った。

「万次親分がそこを確かめろと言っているんだ」

「万次親分に指図したのは誰だ」

「それは決まっているだろう。しお――」

「熊三。余計なことを言うな」

「しお、で始まるのか。一人しかいないな。万七」

「何だと、この野郎。留吉、お前は餓鬼を殺《や》れ。俺と熊三はこいつを殺る」

安兵衛の前に脇差しを抜いた万七と熊三が立ち、じりじりと詰め寄って来た。

横目で伊之助を見ると、四尺棒を立てて留吉に向き合っている。

間合いを詰めた万七が斬りつけて来たが、安兵衛はするりとかわし、そのまま前に進んで目の前の熊三の脛を払った。熊三が転んだのを確かめて振り返ると、万七が安兵衛に斬りかかろうとしている。右手に持った棒を二間先にいる万七に向けると、万七の動きが止まった。

この間に熊三が立ち上がり、脇差しを振りかぶって安兵衛に斬りかかった。だが、払われた脛が痛むのか、泥だらけの草鞋で滑って前に進めないのか、安兵衛の棒の一間先で遮二無二振り回すだけだった。棒に当たらないどころか棒に届きもしない。

「熊三。何をやっている。早く殺れ」

万七に脅かされた熊三の前に出ようとしたとき、一瞬速く飛び込んだ安兵衛の五尺棒が脇差しを持つ熊三の右手を叩いた。ごきっ、と言う鈍い音がした。

「ぎゃあ」

「熊三。だらしないぞ」

安兵衛が振り返ると、万七が脇差しを正眼に構え、じりっと進み出た。

上段に構えた安兵衛が万七の腕を確かめようと棒を思い切り振り下した。

ぶんと唸った五尺棒が、がつっと音を立てて土間を叩いた。

思わぬ音を聞いた万七は、はっと驚きの色を浮かべ、半歩下がった。すかさず踏み込んで素早く突いた安兵衛の棒が万七の左肩をとらえた。

うずくまる万七から目を離して伊之助を見ると、留吉の介抱をしていた。

「安さん。伊之助の突きはすごかったよ」

さっき静かに入って来た兵太郎が感心して教えた。

「この男が振りかぶって斬りつけようとした瞬間、すっと懐に飛び込んだ。喉を突いたのさ。息ができなくなってぶっ倒れてしまった。お手本のような突きだった」

「お前さんたちは、何者なんだ」

塩宿の主が熊三の右手に添え木を当てて手当てをしていた。

「こいつの手の骨が折れてる。そっちの男は骨は砕けていないようだが、ひびが入ったようだ」

六

二日後――。

林の間から青い池のようなものが見えた。きらきら光っている。

間もなく池よりも大きい湖のように見えてきたが、木が邪魔して全部見えない。

「安さん、青い湖が見える。天和池よりもずっと広い。海かなー」

「初めて見るけど、海かもしれないな」

雑木林を歩く安兵衛と伊之助の足が知らずに速くなっていた。

林を抜けると、目の前に大きな海が広がっていた。

「海だー。海だー。おっきーなあ」

青い大きな海の上に青い大きな空が広がっている。どこまでも広い海だ。

安兵衛と伊之助は、砂浜に座り、黙って海を見ていた。

しばらくしてから安兵衛が伊之助を見ると、伊之助は涙を流していた。

険しい山道を歩き続け、冷たい沢を渡ってたどり着いた野田の海を見て感動しているのだ。安兵衛には伊之助の気持ちがよく分かった。

「さあ、行こうか」

安兵衛が声をかけると、伊之助は手の甲で涙を拭いて立ち上がった。


半刻後、安兵衛と伊之助は『野田塩屋』の主に会い、伊助の手紙を手渡した。

読み終わると、主は大福帳を見ながら返事を書いて安兵衛に渡した。

「安兵衛さん。お尋ねの答えはすべてこの文に認めた。ここにも書いたように薪代が上がっているが、何とか塩の値を抑えている。霞露藩に届ける量は変わっていない。訳は簡単だ。塩は人の命をつなぐものだ。そんな大事なものを簡単に値上げしたり、量を減らしたりはできない。しばらく、この値で頑張るつもりだ。そう伊助さんに、いや、田中屋さんこと島兵部様にお伝えください」

「えっ、田中屋さんをご存知で……」

「はい。よく知っています。出船入船の多い鍬が崎村で芸者衆を揚げて何度か飲みました」

文をもらった後、二人は塩を作る釜場を見せてもらった。

二十坪ほどの釜場に鉄釜と水槽があった。聞けば、酌んだ海水を水槽に入れ、鉄釜に移して煮る。塩船頭一人と煮方十数人が塩を作る。塩船頭は火加減を見計らったり、差し水をしたりする。煮方は塩船頭の指図に従って交替で海水を煮る。だいたい一昼夜で塩ができるそうだ。火につきっきりの塩船頭や煮方の仕事は酷だ。とりわけ暑い夏は大変だ。

釜の下で薪をくべる煮方の体中から汗が噴き出している。

「薪を運んでは火を焚き続けるのだ」

煮方が水を飲んで二人に教えた。

「火を焚き続けるから水は切らせないな」

伊之助が聞くと、煮方が、飲んでみろ、と言って水を差し出した。

一口飲んだ伊之助が顔をしかめて言った。

「しょっぱい。塩水だよ」

「火を焚き続けていると、体の塩気が汗となって抜ける。だから塩水を飲んで体に塩気を足しているのさ」

「安さん。おいらには煮方の仕事は務まらない」

「伊之さん。あっしにも務まりそうはないよ」

その夜、安兵衛と伊之助は野田塩屋に泊まったが、出された夕飯にびっくりした。

白い米の飯の上に熟れた桑の実のようなものが載った椀を出された。

よく見ると、桑の実のようなものは黄色っぽいものや赤いものがある。

初めて見る飯を前にして二人の箸が止まった。

笑いながら野田塩屋の主が言った。

「食ってみろ。うまいぞ」

二人は箸の先で桑の実のようなものに触ってみた。ふにゃふにゃと柔らかい。少し摘まんで食べてみた。あっと言う間に口の中で溶けた。

「うまい」

「こんなうまいもの食ったことがない」

こう言った後、二人はものも言わずに食い始めた。

桑の実のようなものの甘みとさっとかけた醤油の塩味が効いている。

野田塩屋の主が手酌した酒を飲みながら教えた。

「安兵衛さん、伊之助さん。それは雲丹《うに》と言うものだ。このあたりではいくらでも採れる。

二人が食っているのは生の雲丹だ。雲丹は生でもうまいが、塩水に漬けた塩雲丹もうまいぞ」

「生の雲丹は持ち帰ることはできないでしょうが、その塩雲丹は日持ちしますか」

「ああ。二月でも三月でも大丈夫だ。田中屋さんと伊助さんの分は用意してある」

「あの、銭を出しますのでもう一つ、二つ手に入らないでしょうか」

「お安い御用だ。誰か食べさせたい人がおるのか。いや、野暮なことは聞くまい」

野田塩屋は声を上げげて笑った。

安兵衛は香のことを考えていた。

七

四月三十日（新暦六月十二日）、塩倉屋十左衛門の裁きがあった。

野田塩屋の主の文を預かって来た安兵衛と伊之助も奉行所に呼び出された。本当に野田塩屋が文を書いたことを証言するためだ。

出頭すると、目を泣き腫らした塩倉屋の内儀の百と二人の奉公人が来ていた。岡っ引きの万次、倅の万七、子分の熊三と留吉もそろっていた。

間もなく塩倉屋十左衛門が連れて来られ、塩倉屋の塩の値上げに対する裁きが始まった。奉行の細越真之丞が指揮して淀みなく進み、まず万次らに沙汰が下った。

十左衛門の意を体して安兵衛と伊之助を襲わせた万次は、十手を取り上げられ、五十叩きの刑と決まった。倅と下っ端の二人には「既に罰を受けたようだから」と咎めがなかった。安兵衛には、こう告げたときの奉行は、よくやった、と言わんばかりに伊之助の顔を見て、笑み浮かべたように思えた。

続いて細越真之丞は塩倉屋十左衛門に対してこう告げた。

「今年二月に幕府が諸物価の引き下げを命じ、当霞露藩も高札を立てて知らしめたが、塩倉屋十左衛門は幕府の命にも霞露藩の命にも従わず、塩の仕入れ量を減らされたと偽り、塩の値を吊り上げた罪は重い。よって霞露藩からの所払いを命ずる。内儀の百、番頭の太郎兵衛は、値上げが主の邪《よこし》まな思いから行われたものと知りながら止めることができなかった。

よって塩倉屋に与えていた塩鑑札を取り上げる」

沙汰を聞いた十左衛門は、顔を真っ赤にし、奉行を睨みつけた。

「十左衛門。奉行が憎いか。だが、それは逆恨みだぞ。去年、家数人数改め方の島兵部がまじめに働け、働かぬと塩鑑札を取り上げる、と忠告したはずだ。それを聞かなかった罰が当たったのだ。おお、ついでに言えば、ついこの間も白藤屋の隠居に伝小堀遠州作の茶杓を譲れと迫ったそうだが、つくづく十左衛門も白藤屋も見る目がないのう。お主が執着している伝小堀遠州作の茶杓は南部藩盛岡町の茄子屋の主が作った贋作だ」

「えっ」

初めて聞く話に驚いて十左衛門は、両手をついてうつむいた。

「わしが盛岡に行った折に茄子屋に立ち寄って確かめて来た。数寄者と称する持ち主の白藤屋も、盗み取るほど欲しがった十左衛門も贋作と見抜けなかったようだな。二人ともとんだ数寄者だったのう」

奉行の最後の一言が堪えたと見えて塩倉屋の体を支える両腕が震えていた。

十左衛門が牢に連れ戻された後、奉行が百と太郎兵衛らに声をかけた。

「内儀の百と番頭の太郎兵衛、手代の太兵衛は別室に参れ。勘定方頭が今後の塩倉屋の進む道を示してくれる。野田塩屋の文を持って来た安兵衛と伊之助も同席を許す」

案内されて行った別室は、二十畳はあるかもしれない。安兵衛はこんなに広い座敷に入るのは初めてだった。

裁きの場にはいなかった四人の武士が入って来た。島兵部もいた。役目が終わったのか奉行の細越真之丞は姿を現さなかった。

五十半ばの武士が口を開いた。

「勘定方頭の横谷地大進じゃ。こちらは首席家老の平舘大膳様だ。島兵部殿は知っておるな。この者は大入福太夫と申す」

「はい」

塩倉屋の三人の顔を見てから横谷地が続けた。

「お百には厳しい沙汰となったが、十左衛門のことは諦めて沙汰を受け止めるように」

「はい。夫の十左衛門がたいそうな罪を犯し、誠に申し訳ありませんでした」

「済んだことだ。これからどう立て直すかが大事だ」

百は鷹揚に答える首席家老に向かって深々と頭を下げた。

横谷地が重々しい口調で告げた。

「さて今後のことを沙汰致す。塩倉屋の屋号、奉公人はそのまま残す。誰も馘首《くび》にはしない」

「はい。ありがとうございます」

追い出されないと知って番頭と手代は、うれしそうに答えた。

「このたび勘定方の中に新たに塩勘定掛《かかり》を設けた。勘定方が塩倉屋に交付していた塩鑑札を塩勘定掛が持つことになった。塩勘定掛はここにいる大入福太夫だ」

四十を出たばかりに見える大入福太夫が軽く頭を下げた。

「この大入が毎日、塩倉屋に通い、塩の仕入れから売り捌《さば》きまで差配する。つまり塩倉屋の新しい主は、大入福太夫だ。大入に仕えることは藩主《おかみ》に仕えることだ。そこを忘れないように、な」

「はい」

「お百に確かめたいことがある。二人の息子たちは働くことが嫌いだと言う噂だが、望めば奉公させる。働きたくないのであればただちに追い出す」

「夫の真似をして道楽ばかりしておりますが、きょう、これから帰ってしっかり言いつけます。どうぞ、使ってください。もし駄目でしたら……」

「うむ。分かった。しばらく働き具合を見てみよう」

深々と頭を下げた百が頭を上げ、涙を拭くのを見て横谷地大進が続けた。

「塩の値は、明日、五月一日に今年初めの値、一升二十六文に戻す」

「はい」

神妙に頭を下げる百と奉公人を見下ろしながら平舘大膳がおもむろに口を開いた。

「お百。塩倉屋は何代にもわたって混乱なく塩を扱ってきた。たまたま十左衛門が分別に欠けた値上げをし、鑑札を取り上げられたが、今後の奉公次第によっては再び鑑札を与えることもありうる。十左衛門のような二心《ふたごころ》を持たずに勤めてくれ」

「はい。肝に銘じて働きます」

横谷地大進に促されて百と奉公人が部屋を出た。

安兵衛と伊之助も倣って出ようとすると、兵部に呼び止められて座り直した。

大膳が二人に声をかけた。

「安兵衛に伊之助、このたびはよく働いた。とりわけ伊之助には難儀な長い旅だったろう。よく頑張った。さすが伊助の息子と感服した」

伊助の名前が出て伊之助の顔が輝き、うれしそうに頭を下げた。

このとき安兵衛は、何故ご家老様は親父さんのことを知っているのだろうか、と不思議に思った。安兵衛も伊之助も知らなかったが、首席家老の命を受けて動いている竿灯組組頭の島兵部が細作頭の伊助やその配下の働き具合を事細かに報告していた。だから、大膳は伊助父子《おやこ》や安兵衛のことをつぶさに知っていたのだ。

「安兵衛も慣れぬ仕事をよくやり抜いた。これからも伊助、伊之助父子ともども島兵部を支えるように」

「はっ」

安兵衛は平伏しながら、塩倉屋十左衛門は下手を打ったな、と思った。

安兵衛と伊之助は奉行所を出た。二人の懐には首席家老から贈られた褒美の一両が入り、安兵衛の手には土産の酒、伊之助には菓子がある。

伊之助は首席家老から直に声をかけられたのがよほどうれしかったらしく、気が高ぶっているよう見える。

二人の足は油町の伊助の店に向かっている。そんなに遠くない。

安兵衛は歩きながら考えた。

(何故、塩倉屋十左衛門は、島様の忠告を無視したのだろうか。今度悪さをしたら塩鑑札を取り上げる、と言う島様の言葉を口先だけの脅しと思っていたのだろうか)

「安さん、おいらがご家老に褒められたことを安さんからもお父っちゃんに教えてやっておくれ」

「ああ、分かっているよ」

(塩の値を上げてまで欲しい茶入れだったのか……。値を上げなくても、日ごろの儲けから買える品ではないのか……。ひょっとして塩倉屋は茄子屋で売っている品を全部欲しかったのではないのだろうか……。何よりも茄子屋の作った茶杓などに大枚の金を遣おうと言う気がしれない。古く見せた竹の茶匙ではないか。数寄者とか称する連中の考えることが分からないな)

「いただいたお菓子、どんなお菓子かな。おっ母さん、喜ぶかな」

「大喜びするに決まっているさ」

「そうだな」

(喜んだと言えば、一番喜んだのは霞露藩だな。参勤交代などの費用が嵩み、やりくりに苦労しているのは誰でも知っている話だ。新しい入りはなく、出は増える一方だ。ところが、塩倉屋のしくじりのお蔭で藩が塩の専売を手にした。一息つける。ご家老様は奉公次第では塩鑑札を再び与えることもあり得る、と話していたが、いったん手にした金蔓を手放すだろうか……）

「安さん。野田塩屋さんからもらった塩雲丹、食べたかい」

「おお、食った。うまかったな」

「うん。うまかった。でも、おいらは、あの雲丹飯の方が好きだな」

「あんなに生の雲丹がたっぷり載った雲丹飯なんぞ、お目にかかることは、もうないさ」

「そんなことないよ。来年、また野田に行って雲丹飯を食べようよ」

「そうだな。また野田に行くか」

「うん」

安兵衛は、塩雲丹を食べたときの香のうれしそうな顔を思い出して香を交えた三人旅を夢に見ていた——。

主な参考文献

『日本史モノ事典』平凡社編　平凡社（二〇〇一年）
『大江戸復元図鑑』〈庶民編〉笹間良彦著画　遊子館（二〇〇三年）
『大江戸復元図鑑』〈武士編〉笹間良彦著画　遊子館（二〇〇四年）
『江戸の暮らし大全』「歴史人」十一月号　ＫＫベストセラーズ（二〇一一年）
『江戸の人々の暮らし大全』柴田謙介と歴史の謎を探る会　河出書房新社（二〇一五年）
『図解　江戸の銭勘定』山本博文監修　洋泉社（二〇一七年）
『江戸の居酒屋』伊藤善資　洋泉社（二〇一七年）
『江戸の家計簿』磯田道史監修　別冊宝島二四三九号（二〇一六年）
『江戸の家計簿』磯田道史監修　宝島社新書（二〇一七年）
『江戸の暮らしと仕事大図鑑』「歴史道」二号　朝日新聞出版（二〇一九年）
『江戸庶民の衣食住』「歴史人」八月号　ＫＫベストセラーズ（二〇二〇年）
『盛岡藩家老席日記　雑書』第二十九巻（安永五年〜安永七年）盛岡市教育委員会
　盛岡市中央公民館編集　東洋書院（二〇一二年）
『花巻人形の世界』高橋信雄　盛岡出版コミュニティー（二〇一七年）
『浮世絵鑑賞事典』高橋克彦　日本出版センター発行　創樹社発売（一九七七年）
『野田鹽　ベコの道』野田村村誌編纂委員会　野田村教育委員会編集（一九八一年）

初出一覧

『南部表の雪駄』（『桜坂の春』改題）
「天気図」第一六号ツーワンライフ出版（二〇一八年三月）
『鳩笛の音』「天気図」第一七号ツーワンライフ出版（二〇一九年五月）
『刺し子の財布』「天気図」第一八号ツーワンライフ出版（二〇二〇年五月）
『サイカチ心中』「天気図」第一九号ツーワンライフ出版（二〇二一年五月）

※ほか三編は書き下ろし作品。

著者紹介

小原 光衛（おばら こうえい）

1947年　岩手県宮古市生まれ。
1969年　岩手日報社入社。運動部長、学芸部長などを歴任。
2008年　同社退社。
現　在　「もりおか童話の会」会員。
　　　　文芸誌「天気図」同人。
　　　　華道・青山御流楽山会岩手支部副支部長。
　　　　岩手華道協会副会長。
　　　　岩手県盛岡市在住。

小間物屋安兵衛《こまものややすべえ》

2021年10月12日　第1刷発行
著　者　小原 光衛
発行所　盛岡出版コミュニティー
MPC Morioka Publication Community
〒020-0574
岩手県岩手郡雫石町鶯宿9-2-32
TEL&FAX 019-601-2212
https://moriokabunko.jp
印刷製本　杜陵高速印刷株式会社

ISBN978-4-904870-50-1 C0093